Über die Autorin:

Zweifache Mutter, liiert, Hausfrau, Polizistin und Autorin. Lebt und arbeitet in der schönen Hauptstadt. Hobbys: Marathon, Theater spielen und lesen.

Erstes Buch : Mr. Indisch –Extra- Scharf, lässt den Leser in eine Polizeiwache in Berlin blicken.
Satirisch beschrieben mit einem hohen Maß an Selbstironie.

Mister

Indisch-

extra-

scharf

Nancy Hofmeister
Mr. Indisch-extra-scharf

ISBN: 9783839164655

Herstellung und Verlag:
Books on Demand GmbH
In de Tarpen 42
D-22848 Norderstedt

Für:

Nina,
Mario,
Jörg,
Mama,
Papa Peter,
Inge,
Angie,
Alex,
Ulli,
Andreas R.,
Uwe B.,
Peter W.,
Katja,
Frank R.,
Björn,
Freddy,
Bastian,
und natürlich

Mr. Indisch-extra-scharf, der mich inspiriert hat, dieses Buch zu schreiben,

Einleitung:

Ich arbeite auf einem Berliner Polizeiabschnitt und erzähle leicht überspitzt was ich dort erlebe.

Jedoch weniger die Einsätze sondern viel mehr die Menschen die mich tagtäglich begleiten also natürlich meine Kollegen, Chefs aber auch meine Familie.

Kurz und knapp mit wenigen Worten: In meinem Buch geht es um:

- Essen
- Selbstreflektierung
- Männersport
- Alternativjobs
- Gesundheit
- Spontane Reisen
und natürlich um meinen

Mr. Indisch.extra-scharf

02.12.09 06:00 – 14:00 Uhr

Heute steht ein Drogeneinsatz mit Florian an. Zuerst dürfen wir zu Dienstbeginn den Zivil Wagen in die Werkstatt bringen, der Funk funktioniert nicht. Der Plan ist, mit 2 Autos zu fahren, das Defekte in der Werkstatt zu lassen und gleich weiterzufahren. Das fertig reparierte kann ja dann die Nachfolgeschicht abholen. Wir fahren also mit 2 Autos Richtung Kreuzberg. Ich drücke dem Techniker die Fahrzeugpapiere in die Hand und frage nach einer Toilette. Es ist nur eine für Männer vorhanden, hier gibt es scheinbar noch keine Quotenfrau, egal. Der Techniker repariert den Wagen sofort, sodass wir ihn nach 30 Minuten wieder mitnehmen können. Ungünstigerweise habe ich den letzten Parkplatz erwischt in der hintersten Ecke, sodass ich nur noch rückwärtsfahrend wieder von diesem Parkplatz runterkomme. Der Techniker und auch Florian bauen sich genüsslich auf dem Parkplatz auf und grinsen, typisch ich habe auch nichts anderes erwartet. Ich stelle mir vor wie die Beiden einen Hechtsprung über die anderen parkenden Autos machen, wenn ich das typische Frauenklischee erfülle und Gas und Bremse verwechsele.

Den Gedanken verwerfe ich jedoch ganz schnell wieder dann werden wir heute nicht mehr zu unserem Einsatz kommen.
Wir fahren mit den beiden Autos Richtung Abschnitt, ich muss an einen witzigen Drogeneinsatz denken.
Ein Fahrzeugführer auf irgendeine fiese synthetische Droge erzählte uns im Rahmen der Überprüfung doch tatsächlich, dass er die Fahrbahnmarkierungen nicht nur sieht sondern diese auch fühlen und schmecken könne. Sie seien weich wie Watte und schmecken nach Zucker. Oh man, dass der es geschafft hat unfallfrei bis zu uns zu gelangen kam wohl einem Wunder gleich. Wir erreichten den Abschnitt mittlerweile war es 8 Uhr.
Nun beauftragt uns die Wache für sie zum Fleischer zu fahren und lecker Frühstück zu holen; Leberkäse heiß mit Senf im Brötchen. Über das Essverhalten meiner Kollegen zu schreiben, incl. Beleuchtung der gesundheitlichen Konsequenzen würde genügen um ein Buch zu füllen.
Wir fahren also zum Fleischer und treffen dort eine Funkwagenbesatzung von uns Didi und Clemens in Persona. Mir geht kurz der Gedanke durch den Kopf, wieso die nicht gleich das Essen für die Wache mitbringen und wir stattdessen nun von unserem Auftrag abgehalten werden.
Ein Kunde ist noch vor uns dran und bestellt Wurst und Fleisch scheinbar für einen größeren Kollegenkreis.

Um 10 Uhr geht es dann los, wir halten diverse Fahrzeuge an, stellen jedoch nichts fest.
Um 11:45 Uhr treffen wir auf einen Autofahrer der mitten auf der Hauptverkehrsstraße offensichtlich liegengeblieben ist. Er versucht mehrfach verzweifelt sein Auto in Gang zu bekommen, was ihm jedoch nicht gelingt. Florian und ich schieben mit ihm gemeinsam den Wagen von der Kreuzung. Er passt aufgrund seines jugendlichen Alters ins Beuteschema und wir überprüfen ihn verkehrsrechtlich mit dem Hintergedanken, dass er evt. gekifft hat.
Er hat keinerlei Papiere bei sich und über Funk stellt sich raus, dass er ein Fahrverbot hat.
OK also Strafftat fahren ohne Führerschein. Er fängt an uns eine geniale Geschichte zu erzählen: Den Führerschein konnte er bisher nicht abgeben, weil er ihn verloren hat, das wiederum fiel ihm erst einem Monat nach Zustellung des Beschlusses des Fahrverbotes ein. Er beantragte also einen neuen Führerschein und glaubte doch tatsächlich dass er solange weiterfahren kann bis der neue Führerschein ausgestellt ist. Er wollte natürlich nach der Neuausstellung diesen Führerschein für die Dauer des Fahrverbotes (1 Monat) auch abgeben. Bisher hat er es leider versäumt dem zuständigen Sachbearbeiter Kenntnis zu geben. Abenteuerlich!

Er hat 10 Punkte in Flensburg aber auch dafür kann er nichts, denn sein Kumpel ist gefahren und zwar etwas rasant über diverse rote Ampeln, er wurde geblitzt und unser Opfertyp hat vom Kumpel nur das Bußgeld bekommen, die Punkte ließ er sich auf seinem Konto gutschreiben, so ein lieber Typ den will man doch sofort knuddeln! Bekifft ist er übrigens nicht!
Um 13 Uhr fahren wir dann Richtung Schnitt zum schreiben.
Ich erblicke mit meiner Schokoladensucht ein 400 Gramm Nutella Glas in Vince seinem Büro.
Mir schießt der Gedanke durch den Kopf wie ich unauffällig dieses Glas aus seinem in mein Büro bugsieren könne um es auszulöffeln, oh man ich bin scheinbar völlig unterzuckert.
Bevor ich diesen kriminellen Gedanken auch nur ansatzweise in die Tat umsetzen kann steht Vincent wie ein Geist aus dem Nichts plötzlich vor mir und bietet mir ein Brot mit Nutella an.
Soll ich ihm erzählen was ich ursprünglich vor hatte? Besser nicht schließlich ist er als Chef mein Erstbeurteiler.
Ich lasse also den Tag mit Vincent bei einem Nutellabrot ausklingen.

03.12.09   11:15 – 23:15 Uhr Dispodienst bis 12:45 Uhr danach Funkwagen mit Nic

Ich erscheine heute mit Winterkleid von meinem spanischen Lieblingsdesigner zum Dienst. Meine Kollegen sind etwas überfordert und Vince spart nicht mit Komplimenten.
Hat ihm also gefallen. Ab und an braucht der Mensch – und dazu zählt auch der Mensch in Uniform - einen Lichtblick.
Ich suche mir erst mal ein Büro wo noch ein Computer für mich frei ist um meine Vorgangsbearbeitung zu erledigen. Ich habe eine Sachbeschädigung zum abschließen für die Amtsanwaltschaft und ein Untersuchungsergebnis vom kriminaltechnischen Institut welches ich dem Justizaktenzeichen nachsenden muss.
Es ist nur in den 2-3 Std. vor unserer Funkwagenzeit sehr schwer einen freien Computer zu finden, die Büros teilen wir uns zu fünft und nur selten sind zwei Computer vorhanden. Ich habe jedoch Glück und erwische einen freien Rechner in einem Büro.
Bevor ich mich setze inspiziere ich den Bürostuhl und den Schreibtisch, ich bin nicht wirklich penibel aber die Kaffeetasse von Clemens wo diverse Schimmelkulturen Einzug halten, stelle ich erst mal angewidert aufs Fensterbrett.
Ich denke kurz darüber nach ob ich sie nicht einfach wegwerfen soll.

Zusätzlich kommt mir die Überlegung wie hoch Schimmel wachsen kann? Ist es möglich, dass er aus der Tasse irgendwann rausquillt? Würde er zum Leben erwachen und mir in einigen Wochen den Zugang zum Büro verwehren?
Hätte ich in Biologie bloß besser aufgepasst.
Meine makrobiologischen Abschweifungen werden von meinem Kollegen Helmut unterbrochen indem er mich fragt was ich mit Clemens Tasse machen.
Ich erwidere nur kurz, dass mich die Tasse von meiner Arbeit ablenkt. Oh man was rede ich für einen Stuss der muss jetzt denken, dass ich mit einer Tasse kommuniziere.
Auch Egal ich finde ein bisschen Schizophrenie ist gar nicht verkehrt. Denn wenn man erst in sein Inneres gehen muss um sich mit seinen diversen Persönlichkeiten abzusprechen trifft man viele Entscheidungen nicht mehr allzu spontan.
Auf dem Schreibtisch liegt eine etwas ältere bekannte Berliner Tageszeitung. Ich lese nur die Überschrift – Berlin muss sparen – müssen wir das nicht Alle. Ich habe da auch einige Ideen. Zum Beispiel könne man unsere Autos gegen Elektroautos eintauschen, was man da an Benzin spare.
Die Gefangenensammelstelle die neben dem Hofeingang im Keller ist wird eh nicht genutzt dort könne man die Akkuladestationen unterbringen.
Den Gedanken teile ich Chris und Didi mit, die davon recht angetan sind.

Didi erwähnt, dass unsere Behörde eine Arbeitsgruppe Elektroauto gründen würde und, dass es sich in diesem Falle mit Sicherheit um eine 11er Stelle handele und damit eine ernsthafte Alternative wäre.
Typisch nur der finanzielle Aspekt, in diesem Falle eine Beförderung und damit die Gehaltserhöhung beeindruckt ihn.
Ich habe ökologisch ein Meisterwerk vollbracht und den finanziellen Vorteil streichen andere ein die nicht wirklich hinter dieser Innovation stehen, typisch es war aber auch nichts anderes zu erwarten.
Ich stelle mir im gleichen Moment jedoch vor wie acht Ladekabel von der Station zu den Funkwagen reichen würden und mit Sicherheit bei einer Eilfahrt der eine oder andere Kollege versäumen würde den Stecker zu ziehen. Die Ladestationen würden durch das Kellerfenster hinter dem Funkwagen hergerissen werden um am Ausfahrtstor in seine Einzelteile zu zerschellen. Ich glaube diese Idee sollte ich besser verwerfen.
Um 12:30 Uhr streife ich mir meine chice grün-beige Uniform über und stelle wiederholt fest, dass mir das blassgelbe Hemd nicht steht. Da ich jedoch nicht auf den Laufsteg sondern Dienst am Bürger versehe nehme ich die Tatsache so hin und stürzte mich ins Getümmel auf die Wache – SCHICHTWECHSEL-

Herr Korge kommt um 12:45 Uhr auf die Wache, ihm ist langweilig. Er liebt die Aktion die da zum Schichtwechsel herrscht, ja klar wo normalerweise nur 3 Leute sitzen drängen sich in diesem Moment etwa 25 Leute und Korge völlig funktionslos dazwischen.

Ich biete ihm an sich nützlich zu machen und den Funkwagen für mich schon mal aufzurüsten, dass sein sinnloses Dasein an Bedeutung gewinnt.

Er ist schon ein recht spezieller Typ, wir waren mal im Rahmen eines Betriebsausfluges beim Inder essen. Ich und indisch essen mein Horizont reichte bisher nur von Mamas guter deutscher Küche und ab und an mal was exotisches wie eine Pizza.

Indisch mit Gewürzen dessen Namen man kaum aussprechen kann gehörte bisher eher nicht in mein kulinarisches Repertoire.

Wir also ins Lokal ich völlig hilflos vor der Speisekarte, Korge sitzt neben mir und empfiehlt mir eine Speise die mir, seiner Meinung nach auch munden könne.

Der Kellner hat Mitleid mit mir und hilft bei der Auswahl.

Wichtig und das betone ich mehrfach, nichts scharfes ich vertrage das nicht und essen muss schmecken und darf keine Schmerzen verursachen.

Die Wahl fällt auf ein Hühnerbrustgericht mit Gemüse und Reis.

Korge bestellt das Gleiche betont jedoch: *„bitte indisch extra scharf!"*

Es ist Februar und draußen eisig kalt etwa gefühlte 20 Grad unter Null, jedoch mit jedem Biss den Korge zu sich nimmt steigt seine Körpertemperatur sichtlich an. Er trägt nur ein dünnes Hemd und ihm fließt der Schweiß aus allen Poren.

Mitfühlend wie ich bin frage ich ihn ob es ihm nicht gut geht, er schwitze ja so sehr.

Er schafft es kaum mir zu antworten betont jedoch wie lecker doch sein Essen ist und ob ich nicht mal probieren wolle. Ich lehne dankend ab und kann es mir nicht verkneifen ihm zu sagen, dass ich meine Grenzen kennen würde.

Ich werde also Zeuge seines Todeskampfes und frage mich ernsthaft, wieso er doch tatsächlich alles aufessen muss, der Stolz?

Das kann eigentlich nur ein Männerphänomen sein.

Seitdem habe ich ihm den Spitznamen *„Mr. Indisch-extra-scharf"* verpasst.

Zurück zum Dienst:

Unser erster Auftrag lautet 2 Döner mit Knoblauch für zwei Innendienstler zu kaufen, ich also in die Dönerbude ich liebe ja diesen Geruch von Imbissbuden brrrr, während Nic den Funkwagen 6-mal im Kreis fährt!

Parken kann man vor der Imbissbude nicht und es sieht immer etwas unglücklich aus, sich mit einem Funkwagen in die Busspur zu stellen um Döner zu kaufen. Es folgen nicht weiter nennenswerte Aufträge, Unfälle und eine Vermisste aus dem Krankenhaus.

Später ich sitze gerade am Computer in unserem Schreibraum und blicke zu Clemens Computer und dessen Desktopbild ein zuckerweißer Strand türkises Meer ein verlassenes Fischerboot, die Malediven- ein Traum.

Eh ich mich versehe befinde ich mich in genau diesem ich schwimme durch das Meer liege am Strand die Sonne brennt mir auf der Haut, herrlich.

Was für eine Alternative zum kalten Berliner Dezember. Wie kann ich es nur ganz spontan auf die Beine stellen dort hin zu fliegen?

In mir entsteht ein krimineller Gedanke ich kann den Funkwagen, meine Uniform und die Waffe verkaufen? Anschließend zum Flieger und weg hier, wie weit werde ich mit dem Geld kommen?

Ich höre mich laut in die Runde fragen: „Wie viel bekomme ich denn wenn ich den Funkwagen, meine Waffe und die Uniform verkaufe?"

Totenstille, dicht gefolgt lautes Gelächter der Kollegen, danach entgeisterte Blicke.

Clemens antwortet trocken:" Ich denke mal 10 Jahre, sind ja diverse Straftatbestände erfüllt."

Das meine Kollegen die Frage falsch verstehen ist klar, ich wollte sie ja eigentlich auch nicht stellen.

Gegen 22 Uhr dürfen wir für die Wache Currywürste holen.

Ich denke kurz darüber nach, ob ich als Essenslieferant mehr Geld verdienen würde und das stressfreiere Dasein hätte- incl. Trinkgeldes versteht sich.

Scheinbar hab ich auf die Stirn tätowiert - **frag mich wenn Du Hunger hast ich fahre mit meinem Funkwagen zu jeder Tages und Nachtzeit in alle Imbissbuden der Stadt-**. Mittlerweile kann ich glatt einen Imbissratgeber veröffentlichen, mit Preisen und Qualitäten der Speisen. Ich esse das Zeug nicht aber ich sehe wie es den Kollegen nach dem Verzehr geht und kann anhand dessen die Qualität der Speisen durchaus beurteilen.

Ich frage mich wie meine armen Kollegen hungern müssen wenn ich nicht im Dienst bin, einige sahen nach meinem letzten Urlaub extrem schlecht aus.

Natürlich kommt der Bürger nicht zu kurz wenn wir Essen holen, wir sind ja weiterhin erreichbar falls was passiert wo unser Einschreiten von Nöten ist so hatte ich mal einen Liegenbleiber auf der Autobahn, ich also draußen die halbe Autobahn gesperrt, die verzweifelte Fahrzeugführerin, beim starten ihres Wagens unterstützt , während mein Kollege im Funkwagen die Sauer-Scharf Suppe von Vincent bewachte.

Ungünstigerweise stellte er die Tüte auf meinen Beifahrersitz wo beim Rückwärtsfahren die Suppe kippte und genüsslich in den Sitz sickerte.
Ich will eigentlich auch gar nicht genau wissen was bereits alles in dem Polster der Funkwagen verschwunden ist. Eines ist jedoch sicher ein Mikrobiologe hätte vermutlich eine Heidenfreude an eventuellen neu entstandenen Kulturen.
Während Vince seine Suppe aß die nun nur noch den 50%igen Wert hatte aufgrund mangelnden Inhalts, betrieb ich Schadensbegrenzung und schrubbte die restlichen 50% der Suppe aus meinem Beifahrersitz. Anschließend durfte ich mir eine neue Uniformhose anziehen, da die bisherige nun beschmutzt war.
Zurück zu unserem eigentlichen Auftrag Currys holen.
Der Wachleiter drückt uns 9,50 Euro in die Hand erzählt irgendwas von blauer Stunde bei der Currybude wo die Gesundheitsfanatiker ab 22 Uhr zum Preis von 2 Curry die Fritten gratis dazubekommen. Ich denke kurz darüber nach ob die Mägen meiner männlichen Kollegen anatomisch anders sind als meiner und stelle mir ansatzweise die Magenkrämpfe vor die ich bekommen würde wenn ich nachts - und zweifelsfrei ist 22 Uhr nachts- meinem Magen 5000 Kilokalorien in Form von purem Friteusenfett antun würde.
Nic mit dem ich heute fahre sagt noch, dass er Geld beihätte falls das Geld der Kollegen doch nicht reicht und auslegen kann.

Wir also zur Currybude. Unverfehlbar denn davor steht eine Traube von 10 – 15 Nachtschwärmern die sich kultiviertes Essen genehmigen wollen zum Schnäppchenpreis von 3,20 Euro die Portion.
Wir stellen uns an und als wir an der Reihe sind kostet der Spaß knapp 13 Euro. Also reicht die Kohle nicht – egal Nic hat ja Geld mit- ups vergessen wie peinlich.
Ich sehe die Schlagzeile – Berliner Polizisten der Zechprellerei überführt. In Gedanken fertige ich schon die Strafanzeige und eröffne mir das Disziplinarverfahren prima! Beförderungssperre für die nächsten 10 Jahre.
Da höre ich Niclas ganz cool sagen, wir kommen gleich noch mal wieder mit der fehlenden Kohle. Die Imbisstante ganz locker, ja natürlich aber esst erst mal in ruhe, und wenn ihr nicht wiederkommt dann rufen wir die Polizei-----ha ha ha selten so gelacht puh Glück gehabt dem Staatsanwalt kurz vor Knapp von der Schippe gesprungen.
Wenn das Essen wenigstens mal für uns ist. Hinter uns gefühlte 150 Leute wie peinlich.
Wir also zur Wache Geld geholt, die Zeche gelöhnt und dann Feierabend, während des Abrüstens grinst uns die Wache hämisch an, na prima Hauptsache ihr seid satt geworden.

Ich glaube nicht, dass nur irgendeiner dieser Männer nur ansatzweise daran gedacht hat, was es für mich hätte für Konsequenzen haben können. Schließlich sehe ich mich als Straftäter bereits überführt, meine Uniform hängt schon am Nagel und ich starte eine Zweitkarriere in einer Fast Food Kette. Was für ein Tag.

06.12.2009, 05:45 Uhr – 18:15 Uhr Funkwagen mit Patrick

Gegen 05:15 Uhr stolpere ich schlaftrunken in die Dienststelle. Am Tor stecken 5 Zeitungen einer bekannten Berliner Abonnementzeitung. Wie nett von den Lieferanten, dass sie übriggebliebene Exemplare immer kostenlos der Berliner Polizei zur Verfügung stellen.
Ich ziehe die Zeitungen aus dem Gitter und schleppe sie auf die Wache.
Bei dem Gewicht muss man mir eigentlich einen Sportnachweis ausstellen. Ich stelle mir das Gesicht unseres Sportbeauftragten vor wenn ich ihm das Vorschlage. „Was hast Du denn sportliches geleistet?" „Ich habe Zeitungen auf die Wache geschleppt." Ne das dürfte nicht wirklich ausreichen.

An meinem Schrank angekommen fällt mir beim öffnen der Tür mein Einsatzhelm vor die Füße, spätestens jetzt sollte ich den tauschen denn die Statik dürfte nun hin sein. Wieso fällt der eigentlich raus? Vermutlich hat mein Schrank eine Schräglage oder irgendetwas im Schrank schubste mir den Helm entgegen. Ich muss zwangsläufig an Clemens Kaffeetasse denken.
Ich sollte mir vielleicht einfach mal Zeit nehmen den Schrank aufzuräumen, kreatives Chaos ist ja schön und gut, aber sollte sich anhand des Zustandes eines Schrankes die Psyche eines Menschen ableiten lassen dann dürfte ich nicht therapierbar sein.
Auf der Wache kommt das Thema Fußball zur Sprache.
Der überwiegende Teil meiner Kollegen sind Hertha BSC Fans, derzeit hat diese Mannschaft 5 Punkte und die Hinrunde hat nur noch 3 Spiele.
Ein Abstieg ist demnach recht wahrscheinlich.
Raffael äußert, dass Vincent ihm die letzten Wochen diverse Wochenenddienste eingetragen hat und er dadurch selten ins Stadion zu Hertha kommt.
Ich stelle daraufhin folgende These auf:
Es kann doch sein, dass Vinc es nur gut mit ihm meint, Raffael braucht, wenn er Dienst hat nicht den Untergang von Hertha live mitzuerleben.

Anhand der Reaktion der Wache denke ich noch einmal darüber nach ob ich in Zukunft lieber über Strickmuster als über Hertha philosophieren solle.

Auf dem Hof erwartet mich mein Streifenpartner Patrick der bereits den Funkwagen übernommen hat.

Ich schwer beladen mit meiner Reisetasche geschultert in seine Richtung laufend.

Mein Papa hat mal gesagt, man muss nicht alles wissen aber man sollte wissen wo es steht. Das weiß ich sehr genau und deshalb schleppe ich zu jedem Dienst meine schwere Reisetasche incl. sämtlicher Fachbücher wo ich halt alles nachschlagen kann.

Ich sehe aus wie eine Tramperin und kann es mir nicht verkneifen Patrick zu fragen ob er im Abschnittsbereich fährt und ob er mich ein Stück mitnimmt.

Er sagt zu und ich setzte mich auf den Beifahrersitz.

Unser erster Auftrag den wir uns selber geben lautet: Tanken. Ich ärgerte mich über die Vorbesatzung die die letzten 12 Stunden gefahren ist. Es kann doch nicht sein, dass die es in einer 12 Stunden Nachtschicht nicht geschafft haben den Funkwagen mit neuem Sprit zu befüllen.

Über Funk melde ich das Tanken an, und der Sprecher fragt ob es denn wirklich sofort sein muss, er hätte eventuell einen Einsatz für uns.
Der Sprit wird schätzungsweise für 10 km reichen und so bejahe ich seine Frage.
Unsere zentrale polizeieigene Tankstelle macht uns jedoch einen Strich durch die Rechnung, die Zapfsäule gibt komische Geräusche von sich, geht ständig aus und nach exakt 10 Litern verabschiedet diese sich mit einem lauten knacken endgültig.
Prima kaputt gemacht.
Zwangsläufig muss ich an meine Idee mit den Elektroautos denken, verwerfe diese jedoch schnell wieder.
Nun gut wenigstens weiß ich nun wieso die Vorschicht nicht tanken konnte und entschuldige mich telepathisch bei den Kollegen der Vorschicht die ich zuvor auf übelste Art und Weise gedanklich beschimpft habe
Gegen Mittag verspüre auch ich mal einen Heißhunger auf Junkfood, Hilfe mich hat's erwischt ich dachte ich bleibe davon verschont.
Ich wähle die Variante zum Asia Imbiss zu fahren und nehme mir fest vor sechs bis acht MAKI Sushi zu bestellen. Das ist gesund und kalorienarm.
Im Imbiss angekommen verspüre ich einen Hunger der nicht mehr von diesem Planeten sein kann.

Ich höre mich, neben mir stehend, meine Bestellung ansagen: 6 Maki Sushi mit Lachs 6 Maki Sushi Advokado und einmal Ente kross auf Reis und Saisongemüse, eine sauer scharf Suppe und eine Flasche Cola light.

Ich zahle knapp 18 Euro und beruhige mich damit, dass ich wenigstens eine Cola light bestellt habe.

Auf der Dienstelle angekommen breite ich mich in unserem Sozialraum aus und überlege kurz wer das alles essen soll.

Egal ich habe Hunger und esse ja sonst schließlich nicht soviel, man muss sich auch mal eine anständige üppige Mahlzeit gönnen, außerdem ist heute Sonntag der zweite Advent.

Nachdem ich mich für meine Maßlosigkeit bei mir selber entschuldigt habe, fange ich an mein Essen zu vertilgen.

Ein Kollege kommt kurz in meinen Privat-Imbiss, schaut mich entgeistert an, und fragt ob ich schwanger bin.

Ich überlege kurz nach ihm eine Sushirolle zu werfen unterlasse es aber doch und entgegne schnippisch, dass man eine Schwangerschaft den Männern die nachts Currywürste vertilgen nie unterstellt.

Nach einer halben Stunde würge ich die letzten Bissen hinunter ich habe tatsächlich alles verdrückt, oh je ist mir nun schlecht. Ich lege mich kurz auf die Couch und ehe ich mich versehe befinde ich mich in einem Alptraum:

Etliche Jahre später ich mache meinen Dienst immer noch auf dem Abschnitt und trage 10 Konfektionsnummern größer. Die Kollegen geben mir mittlerweile nette Spitznamen, wobei Walross und Büffelhüfte die netteren davon sind Aus Frust gehöre ich nun ebenfalls in die Currywurstliga und esse die 2500 Kalorienteile zum Frühstück, mittags der Döner und Pizza und abends komme ich Heim mit Mordskohldampf.
Ich habe Schwierigkeiten mich zu bewegen und meine Uniform ist eine Maßanfertigung, wieso schickt man so was wie mich überhaupt noch auf die Strasse? Ich beginne Mitleid für den Bürger zu empfinden der sich mit meinem Anblick auseinandersetzen muss.
Ich spüre einen Stoß an meinem Arm, Patrick weckt mich, mein Retter. Ich stöhne:" ich kann nicht aufstehen bitte hilf mir".
Er lacht und sagt „kein Wunder was isst Du denn soviel?" Ich starre an mir herunter und stelle erleichtert fest, dass meine Hose noch passt und ich offensichtlich noch die alte Konfektionsgröße besitze. Was für ein fieser Traum.
Auf der Wache wird nun der Kollege ausgelost der die Ehre hat Sylvester Dienst machen zu dürfen. Es trifft Didi, dessen Begeisterung sich in Grenzen hält.

Wir versuchen ihn aufzumuntern mit Bemerkungen wie, es sind doch total nette Kollegen im Dienst es macht doch auch mal Spaß Dienst machen zu dürfen anstatt wie jedes Jahr auf eine völlig aufgesetzte Party gehen zu müssen.
Denn sind wir doch mal ehrlich dieses auf Knopf Druck fröhlich sein ist doch blöd.
Feiern kann man schließlich zu jeder Tages- und Nachtzeit dafür braucht man doch kein festes Datum wie Sylvester.
Und wenn wir mal in uns gehen wie liefen denn die letzten Jahreswechsel ab?
War doch immer das Gleiche man geht zu einer Party, zu Hause feiern möchte man nie, die Wohnung ist heilig.
18 Uhr startet die Fete meistens, erstmal lecker Buffet man aß immer mehr als einem eigentlich gut tut, das Gleiche galt natürlich auch in Punkto Alkoholkonsum.
Spätestens um 22 Uhr verlor man die deutsche Muttersprache und kommunizierte mit den anderen Gästen in einer Sprache die man ab 1,5 Promille aufwärts beherrscht. Kurz vor Mitternacht sucht man seinen Partner den man eh nicht pünktlich findet. Um 0 Uhr knallen die Sektkorken alle liegen sich in den Armen und man selber ist schrecklich Alleine.

Kurz nach Mitternacht findet man seinen Partner der nichts Besseres zu tun hat als einen mit Vorwürfen zu bombardieren, dass der Alkoholkonsum im neuen Jahr erheblich eingeschränkt werden sollte. Das Jahr beginnt mit einer Beziehungskrise und man geht gefrustet nach Hause tolle Sylvesternacht.

Es ist doch herrlich innovativ zu seiner Frau zu sagen: „Schatz wir feiern Sylvester einfach mal am 01.01.10 schön am Vormittag!" ist doch voll witzig zumal man dann die Möglichkeit hat anzustoßen wenn in New York die Sekt Korken knallen.

Außerdem hat man dann mit Sicherheit kein Stress mit dem Partner, ja klar etwas Enttäuschung dass man nicht zusammen sein wird sondern evtl. ein kurzes Telefonat Mitternacht führen wird. Überwiegen wird aber der Teil dass der Partner Mitleid mit Dir hat. Du armer Schatz musst arbeiten, das tut mir so leid ist es sehr schlimm für Dich.

Im Dienst mit den Kollegen anzustoßen ist auch klasse denn der alkoholfreie Sekt schmeckt eh viel besser. Ein weiterer Aspekt den man nicht vergessen sollte ist der gesundheitliche, man geht nüchtern ins neue Jahr hat am nächsten Morgen keinen Kater und kann noch richtig den Neujahrstag genießen.

Es gibt auch einen sehr guten Neujahrslauf durch das Brandenburger Tor für den man sich dann anmelden kann.

Ich schlage diese entspannte Kurzdistanz von 10 Km um 12 Uhr mittags am Neujahrstag Didi vor.
„Kollegin für diese Entfernungen hat der liebe Gott das Auto erfunden."
Darauf hätte ich natürlich selber kommen können, dass er an einem Lauf bei einigen Grad Minus nach einem Nachtdienst kein ernsthaftes Interesse hegt.
Es ist auch nicht zu verachten, dass der Privat PKW Sylvester nirgends besser stehen würde als auf dem Polizeigelände.
Zudem ist er bekannt dafür, dass er mit Pfandflaschen sammeln sein kläglich Gehalt etwas aufbessert. Ich überlegt laut, ob es denn für Sektflaschen Pfand gäbe, denn davon kann er in der Berliner Sylvesternacht schließlich reichlich sammeln.
Nun sehe ich ihn ernsthaft nachdenklich grinsen.
Na bitte geht doch, der Geldaspekt geht immer da kann ich doch glatt noch einen draufsetzen und hebe hervor, dass es Sylvester auch den finanziellen Zuschlag gibt.
In seinen Augen leuchten nun die Euronoten und ich überlege ob ich nicht einen Nebenjob als Motivator annehmen kann, denn immerhin sehe ich mich durchaus in der Lage ungeliebte Dienste gut zu verkaufen.
Zurück zur eigentlichen Schicht:

Ab 17:00 Uhr klingelt das Telefon ununterbrochen wir fahren also von einem Einsatz zum Nächsten und die Anzeigen stapeln sich in unseren Köpfen denn um leere weiße Blätter mit unseren lyrischen Ergüssen zu befüllen fehlt uns die Zeit.
Gegen 18:15 Uhr mittlerweile wartet die Ablöse im Amt auf unseren Funkwagen, fahren wir dann endlich rein. Ich erwähne meinem Kollegen gegenüber, dass ich einen durchaus positiven Punkt erkenne, wir werden heute nicht mehr rausfahren und bekommen für jede Stunde die wir mehr machen auch unseren Sonntagszuschlag.
Er sieht nur die Überstunden und die Anzeigen die noch zu fertigen sind und wirkt etwas genervt. Ich denke kurz darüber nach, dass wir ja mal gemeinsam atmen können um ihn von den negativen Gefühlen zu befreien. Jedoch im Anbetracht der Tatsache, dass jedes Wort Richtung positives Denken ihm gegenüber zu einem Wutausbruch führen wird unterlasse ich es ihm autogenes Training vorzuschlagen.
Um 19:40 Uhr verlasse ich dann meine Dienststelle.

07.12.2009   12:45 – 23:00 Uhr Funkwagen mit Chris

12:45 Uhr beginnt der Dienst auf der Wache mit dem stressigen Schichtwechsel, diesmal wohnt **Mr. Indisch-extra-scharf** dem nicht bei. Ist ja auch Montag ich denke mal, da braucht er noch Ruhe und Eingewöhnungszeit in seine neue stressige Arbeitswoche, die aus Bürodienstzeit besteht Montag bis Freitag 08:00 – 16:00 Uhr inklusive jedem Wochenende frei.
Was würde ich eigentlich mit Bürodienstzeit und damit immer freiem Wochenende anfangen? Ich weiß es gar nicht; Zu einem Hertha BSC Spiel gehen vielleicht?! Ich würde mir auch eine Dauerkarte kaufen das kommt bestimmt günstiger als die Einzeltickets. Ich habe meinen festen Sitzplatz kenne bald meine Sitznachbarn mit denen ich mich sicher anfreunden würde.
Wir würden nach dem Spiel Bier trinken gehen. Grund gibt's immer. Beim Sieg die drei Punkte und beim Unentschieden noch den Einen Punkt.
Bei der Niederlage gäbe es ebenfalls Grund was trinken zu gehen, der Frust muss runtergespült werden um im Anschluss darüber zu philosophieren was das Management falsch gemacht hat, welche Spieler nicht hätten verkauft werden sollen. Ach und der Trainer taugt eh nichts der sollte gefeuert werden.

Ich kann mir sicher sein, dass ich im Stadion und zum anschließenden Saufgelage jedes Wochenende dabei bin, denn schließlich zähle ich zu den Bürodienstlern.
Momentan ist das Ganze aber wohl keine gute Idee Hertha steigt eventuell ab. Sind eigentlich die Dauerkarten in der Zweiten Liga dann preiswerter als jetzt in der 1. Liga?
Vielleicht sollte ich mal Tommy fragen der ist ja schließlich Hertha Fan. Obwohl besser nicht, die Reaktion von ihm könnte dazu führen, dass er als Vinc sein Vertreter meine Beurteilung überdenken könnte.
Oh je ich schweife schon wieder in das Thema Fußball ab wovon ich keine Ahnung habe.
Vielleicht in die Disco gehen? Auch keine gute Idee.
Ich hab's shoppen gehen, obwohl Samstag zu voll da gehen Alle und Sonntag ist geschlossen. Irgendwie blöd.
Im Grunde liebe ich die Schichtarbeit sie ist herrlich abwechslungsreich.
Wie würde ich meine betrunkenen sich prügelnden Einzelschicksale vermissen.
Das Vergnügen habe ich nur am Wochenende. Vorzugsweise morgens um 5 Uhr, eine Stunde vor Schichtwechsel. Was dann immer 2-3 Überstunden bedeutet. Ich bin dann zwar recht müde nach der ohnehin schon 12 Stunden Nachtschicht, aber man darf die Herausforderung nicht vergessen.

Ich finde es ist eine Herausforderung an seine körperlichen Grenzen gehen zu dürfen. Man sammelt Erfahrungen wie z.B.: Wie viel Koffein verträgt der Körper bis er trotzdem müde wird?
Kann man nach 24 Stunden wachsein noch gerade laufen? Schafft man es nach einer Nachtschicht plus Überstunden unfallfrei Funkwagen zu fahren?
Montag bis Freitag im Büro werde ich niemals in das Vergnügen kommen diese Erfahrungen machen zu dürfen.
Ich persönlich liebe es an mein persönliches Limit zu gehen.
Ich würde auch schrecklich gerne mal an einem Wüstenmarathon teilnehmen der sich über mehrere Tage zieht und insgesamt über 240 km lang ist, jedoch soviel Frei bzw. Urlaub wie ich dafür bräuchte zum trainieren, dann für die Läufe und die anschließende Regenerationszeit bekomme ich leider nicht.
Zum Glück gibt mir mein Dienstherr jedoch die Möglichkeit meine Grenzen auf den gesunden Lebenswandel im Schichtdienst auszuprobieren.
Ich brauche nicht extra nach New York zu fliegen um zu wissen wie sich ein Jetlag anfühlt.
Das beste daran ist, dass ich dafür sogar noch Geld bekomme. In einem Seminar muss ich für Kurse die sich mit dieser Thematik beschäftigen viel Geld bezahlen.

Ich weiß jetzt meinen Körper einzuschätzen. Ich kann 10 Stunden Funkwagen fahren ohne auf Toilette zu müssen. Ich halte es durchaus 14 Stunden ohne trinken und Nahrung aus.
Meine Wachbleibegrenze liegt derzeit bei 36 Std., damit zähle ich zum Durchschnitt die meisten Kollegen haben bessere Werte. Ich kann also noch weiter an mir arbeiten.
Ich werde aus meinen Überlegungen gerissen, denn unserem Chef kommt die grandiose Idee der Mannschaft ein Weihnachtsgeschenk spendieren zu wollen.
Ich projiziere diesen Vorschlag sofort auf ein Prospekt eines bekanten Elektrogroßmarkt welches auf dem Schreibtisch des Wachleiters liegt.
Binnen weniger Sekunden ist die Entscheidung gefallen wir wünschen uns jeweils einen MP3 Player mit Videofunktion einer bekannten Firma zu 129 Euro das Stück.
Dieses Gerät gibt es in diversen Farben.
Keine 5 Minuten später habe ich für Vincent eine Liste zusammengestellt aus der die Farbwünsche meiner Kollegen hervorgehen.
Ich überschlage kurz 35 Mitarbeiter à 129 Euro macht insgesamt 4515 Euro, durchaus großzügig von ihm.
Gegen 16 Uhr bittet uns die Wache, Didi in Persona doch bitte für ihn Zigaretten mitzubringen.

Ich fahre also mit meinem Funkwagen an die nächste Tankstelle und fühle mich schlecht dabei. Ich bin kein Gesundheitsfanatiker aber als überzeugter Nichtraucher Zigaretten kaufen zu müssen kostet mich einiges an Überwindung.
Zurück auf der Wache beschließe ich meinem kettenrauchenden Kollegen die Zigaretten nicht auszuhändigen ohne ihm zuvor die gesundheitlichen Risiken aufzuzeigen.
Ich steh also vor ihm mit dem Objekt seiner Begierde in der Hand und erzähle etwas von neuen Therapien mittels Akupunktur sowie Hypnosesitzungen die es ihm ermöglichen seine Sucht abzulegen. Ich biete ihm an, dass er jederzeit mit mir reden kann falls er den Bedarf dazu verspürt. Ich lasse nicht unerwähnt, dass mir mal in einer Ausstellung wo konservierte Leichenteile gezeigt wurden, eine Raucherlunge angesehen habe. Diese hat mich derart beeindruckt, dass ich sie mir in Echtgröße abgebildet auf einem T-Shirt gekauft habe. Ich würde dieses Shirt morgen mal anziehen um ihm das Photo zu zeigen.
Clemens kommt in diesem Moment aus dem Schreibraum und brüllt in die Wache hinein ob jemand mit ihm auf den Hof kommen möchte um gemeinsam „eine zu rauchen".
Didi rutscht nervös auf seinem Bürostuhl hin und her.

Ich schließe meine gesundheitliche Aufklärung damit ab, dass jede gerauchte Zigarette die Lebenserwartung eines Menschen um 7 Minuten verkürzt und er just in diesem Moment Clemens die Absage erteilen kann um sein Leben zu verlängern.
Er streckt den Arm nach den Zigaretten aus und schaut mich flehend an. Ich spüre, dass dies ein sehr langer Weg und viel arbeit bedeuten wird und nehme mir fest vor die Operation „mach aus Didi einen Nichtraucher" auf einen späteren Zeitpunkt zu verschieben.
Gegen 20 Uhr hat meine Dienstgruppe Feierabend, wir als überlappender Funkwagen gehen mit in die Nachtschicht.
Zum Schichtwechsel sind wir im Einsatz. Gegen 21 Uhr kommen wir dann wieder rein. Ich begrüße die Wachbesatzung stelle mich mit vollem Namen vor und erkläre, dass ich der vierer Funkwagen bin.
Der Wachleiter schaut mich entgeistert an und bemerkt, dass wir uns schon seit 2 Jahren kennen und ich fast jede Woche mit ihm gemeinsam bis 23 Uhr Dienst versehe. Gut ich will eigentlich nur einen lockeren Spruch los werden. Wenn man aber bedenkt, dass sein Dienst noch 9 Stunden andauern wird kann ich es wiederum nachvollziehen, dass sein Sinn für Humor etwas getrübt ist.

Mittlerweile ist es richtig kalt draußen. Knapp vier Grad und ich stelle erneut fest, dass mich mein Dienstherr nicht warm genug ausgestattet hat.
Wenigstens ein warmer Winterschal wäre jetzt nicht schlecht. Ich beschwere mich Chris gegenüber, das mir kalt ist und wieso wir keinen Winterschal besitzen. Er behauptet jedoch felsenfest, dass wir einen empfangen haben in der Kleiderkammer. Ja stimmt die Erinnerung kommt dunkel, aber mein Schal ist definitiv weg.
Kein Problem ich stricke mir einfach einen Neuen.

08.12.2009 13:30 Uhr

Ich muss einen Gerichtstermin wahrnehmen und heute Abend gehe ich noch in die Nachtschicht.
Das Gerichtsgebäude ist so riesig, dass ich mich jedes Mal hoffnungslos darin verirre und mir ernsthaft die Überlegung kommt ob in den verwinkelten Gängen schon jemand verendet ist? Hätte man eine reelle Chance gefunden zu werden?
In der Hauptverhandlung geht es mal wieder um ein Fahren ohne Fahrerlaubnis in Verbindung mit Drogenkonsum. Nennen wir das Kind beim Namen der Angeklagte war extrem stoned und fuhr ohne Pappe.

Die Richterin fragt mich wie ich darauf komme, dass ein Verkehrsteilnehmer unter Drogeneinfluss steht.
Ich erklärte ihr, den Schöffen, Staatsanwalt, Protokollführer, Verteidiger und Beschuldigten, dass ich auf mein Bauchgefühl höre und, dass meine Trefferquote bei Rollerfahrern bei 90 % läge.
Lautes Gelächter erklingt im Saal. Herzlich willkommen die Bühne gehört mir.
Oh man die müssen jetzt denken, dass ich selber Drogen konsumiere.
Ich mache meine Aussage zu dem Fall und versuche wenigstens jetzt einigermaßen sachlich zu sein. Statt Kiffer nehme ich dann das Wort Cannabis Konsument in den Mund.
Nachdem ich als Zeugin entlassen werde mache ich mich auf dem Weg den Ausgang aus diesem Labyrinth zu finden.
Hinweiszettel in den Gängen Mit folgender Aufschrift fallen mir auf: „Raucherbereich für Besucher auf dem Galgenhof".
Was will man dem Raucher damit sagen? Wurden dort früher die Verurteilten erhängt? Wieso ist der Galgenhof nun für die Raucher bestimmt? Entweder deshalb, weil man den Todesgeweihten eine letzte Zigarette vor Vollstreckung gönnte oder aber auch weil sich die heutigen Raucher darüber bewusst werden sollen, dass sie mit diesem Laster ihr Leben gefährden.

Wie auch immer, diese Bezeichnung ist echt gruselig. Ich finde dann irgendwann noch den Ausgang und kann immer besser verstehen, dass Anwälte die mehrere Gerichtstermine am Tag wahrnehmen müssen gar nicht pünktlich sein können.

Wie auch immer diese Gänge strukturiert sind, mir erschließt sich die Logik, falls eine dahinter stecken sollte, nicht wirklich.

Um 15 Uhr bin ich dann zu hause und beschließe einen kurzen Mittagsschlaf zu tätigen.

Die Nacht wird lang und ausgeruht sollte ich da schon sein.

Ich träume von einem finsteren Hof, Nebelschwaden verhindern mir die Sicht, es ist eisig kalt und plötzlich erblicke ich unmittelbar vor mir einen Galgen.

Daneben steht der Henker er hat sein Gesicht vermummt. Oh nein soll da ein Todesurteil vollstreckt werden?

Ich wunder mich, dass ich mich so schwerfällig bewegen kann. Was ist denn mit meinen Füßen los? Ich blicke an mir herunter und sehe dass meine Fußfesseln mittels Kette aneinandergebunden sind, ich eine schwere Eisenkugel als Beschwerung hinter mir herziehe.

Ich realisiere, dass ich gehängt werden soll, aber wieso? Was habe ich denn getan?

Eine Fesselung meiner Arme und zwei Wächter die mich zum Galgen schleifen verhindern den letzten Versuch dieser Situation zu entfliehen.
Auf dem Hof befinden sich diverse Schaulustige die mich anstarren und jubeln, ich schau links und rechts nach oben und erkenne das Gerichtsgebäude und an den Fenstern ebenfalls reichlich Menschen die sensationslustig auf mich schauen. Habe ich einen Meineid begangen? Ich war vorhin hier zu meiner Aussage, aber wieso will man mich jetzt hängen? Ich schreie laut:" Was werft ihr mir vor? Ich will meinen Anwalt sprechen! Die Todesstrafe ist abgeschafft!" Lautes Gelächter ertönt, dann ein schreckliches Gejaule.
Menschenseelen berühren mich.
Geister von Gehängten sind das.
Sie reichen mir Zigaretten verschiedenster Marken. Ich soll also eine letzte Zigarette rauchen aber ich bin doch Nichtraucher!
Ich möchte doch nur leben. Überall riecht es jetzt stark nach Zigarettentabak ich muss husten und breche noch vor meinem Henker auf dem Hof zusammen und fühle wie meine Seele den Körper verlässt. Ich sterbe im Galgenhof des Berliner Strafgerichtes einen qualvollen Erstickungstod.
Ich schrecke auf und sitze schweißgebadet in meinem Bett. Ein Blick auf die Uhr verrät, dass ich gerade mal eine halbe Stunde genächtigt habe. Na Prima und dann träume ich so einen Müll.

Ich kann irgendwie nicht aufhören zu husten, was ist denn das bloß. Einen kurzen Moment ziehe ich es ernsthaft in Erwägung, die Wache anzurufen und mich krank zu melden.
Jedoch was soll ich denen denn sagen, dass ich eine Phantomrauchvergiftung, von Zigaretten der Geister aus dem Galgenhof habe?
Das ich gestorben bin und sie sich glücklich schätzen sollen mich nicht komplett aus der Soll-Stärke streichen zu müssen. Ich jedoch diese Nahtoderfahrung von heute erst mal verarbeiten muss.
Die weisen mich doch gleich in die nächste Psychiatrie ein, zu Recht.
Nein es bringt alles nichts ich werde wohl zum Dienst gehen müssen.
Mein Plan mir einen Winterschal stricken zu wollen ist noch nicht vom Tisch. Nachts sche ich eine reelle Chance diesen Vorsatz auch in die Tat umsetzen zu können. Ich betrete gegen 17:30 Uhr ein Handarbeitsgeschäft in Südberlin.
Etwas ratlos stehe ich im Laden rum als eine nette Verkäuferin mich anspricht ob sie mir helfen kann? Kurz denke ich darüber nach, dass mir eigentlich niemand mehr helfen kann aber ich glaube um dieses Gespräch auf der Ebene weiterzuführen sollte ich eher einen Psychologen konsultieren.

Die arme Frau kann ja auch nichts dafür, dass mein seelischer Zustand derzeit etwas angespannt ist. Ich erkläre ihr mein Anliegen, dass ich Wolle brauche zum Stricken, dick und in einem ganz bestimmten beige. Sie zeigt mir verschiedene Wolle und perfekt ich erblicke genau die Farbe die ich benötige um den Schal wie original dienstlich geliefert aussehen zu lassen.
Perfekt ist außerdem dass diese Farbe im Sonderangebot ist, sie scheint wohl nicht sonderlich beliebt zu sein.
Ich stelle mir vor, wie pink aussehen würde. Es würde zu Berlin passen die Polizei in Pink auszustatten wir sind schließlich herrlich innovativ.
Als ich in Gedanken meinen Kollegen Wolfgang, 190cm groß und etwa 150 kg Lebendgewicht, in pinkfarbener Uniform vor meinem geistigen Auge sehe, verwerfe ich den Gedanken schnell. Als Polizei muss man schließlich ernst genommen werden.
Ich kaufe also 3 dicke Knäuel in beige und ein Paar Stricknadeln.
Ich habe noch nie in meinem Leben gestrickt, zum Glück gibt es für jedes Problem das passende Buch und so steuere ich zielgerichtet in ein Büchergeschäft und kaufe ein Buch mit dem Titel: „Stricken der Grundkurs". Prima damit müsste ich es doch hinbekommen.

Ich rufe noch vor Schichtbeginn meine Mama an um ihr zu erzählen, dass ich mir einen Schal stricken möchte. Sie ist etwas verwundert, denn die Handarbeitsfertigkeit ihrer Tochter scheiterte bereits daran ein Knopf anzunähen.
Ich bin die Einzige die es geschafft hat noch nie einen fehlenden Uniformhemdknopf annähen zu müssen. Die Taktik ist hierbei ganz einfach, man nehme einen Knopf das Hemd an welchem Dieser fehlt und schnappe sich einen Kollegen. Im letzten Fall war Rudi mein Opfer, ich also ganz cool auf die Wache und ihn gefragt ob er denn gedient hat? Selbstverständlich war er bei der Armee. Ich bezweifele jedoch vor versammelter Mannschaft, dass er dort Handarbeitstätigkeiten wie Knöpfe annähen musste, denn schließlich können Männer das motorisch gar nicht. Das wollte er sich nicht sagen lassen griff mein Hemd und nähte den Knopf an, Taktik aufgegangen perfekt. Ich presste noch ein Lob über die Lippen dass ich es bewundere was er doch alles könne.
Rudi strahlt mich an, so was hört man doch gerne. Ich finde jedoch nicht, dass ich berechnend bin, denn schließlich habe ich ihn nicht gebeten den Knopf anzunähen er fühlte sich in der Beweispflicht und man muss einen Kollegen auch schätzen und es ihnen ermöglichen ihr Können zeigen zu dürfen.

Was ist wenn meine Kollegen daran Gefallen finden und auch einen Schal wollen?

Mal angenommen alle wollen Einen das würde 105 Wollknäuel bedeuten à 3 Euro also 315 Euro allein an Materialkosten.

9 Euro pro Schal nur die Wolle. Wie hoch müsse ich meinen Arbeitslohn ansetzen?

Den Schal für 20 Euro erscheint durchaus fair. Also 11 Euro Gewinn macht insgesamt 385 Euro Lohn und mein kompletter Kollegenkreis hätte einen warmen Schal.

Der Gedanke die nächsten Monate 35 Schals stricken zu müssen bringt mich jedoch schnell von diesem Nebenerwerb ab.

08./09.12.09, 19:45 – 06:15 Nachtdienst mit Chris

Um 19:15 Uhr betrete ich den Schnitt und stürze mich nach meinem Umkleiden direkt in mein neues Hobby. Zu diesem Zwecke nehme ich auf einem gemütlichen Bürostuhl auf der Wache Platz. Hier ist Stimmung und egal was ich tue diese Action brauch ich um kreativ zu arbeiten.
Um mich herum wuseln 10-15 Kollegen aber das stört mich nicht.
Gegen 19:40 Uhr erscheint ein männlicher Bürger auf der Wache der offensichtlich eine Strafanzeige erstatten möchte.
Ich werde erst richtig auf ihn aufmerksam als er laut lachend meinem Wachleiter entgegenruft: „ Das ist ja prima, dass bei Ihnen hier die Rollenverteilung noch stimmt." Dabei grinst er mich hämisch an. Ich ziehe kurz in Erwägung meine Stricknadeln nach ihm zu werfen und spüre wie mir die Halsschlagader anschwillt.
Eh ich mich versehe reagiere ich auf diese Äußerung vom Bürger sinngemäß, dass es ihm freistehe seine Anzeige auch auf einem anderen Abschnitt aufzugeben, dass ich nicht gewillt bin mir solche frauendiskriminierenden Sprüche anhören zu müssen. Im Übrigen leben wir im 20. Jahrhundert und Frauen müssen ebenfalls im beruflichen Alltag ihren Mann stehen.

Oh man ich höre gerade Alice Schwarzer sprechen.

Ich ergänze meinen Monolog mit dem Zusatz, dass mein Gatte derzeit zu hause den Kindern essen kocht und anschließend meine Uniformhemden bügelt.

Auf der Wache herrscht totenstille ich sehe wohl mit meinen Stricknadeln etwas bedrohlich aus, sodass ich keine Widerworte erwarte.

Der Bürger hat seine Gesichtsfarbe verloren und tut mir jetzt irgendwie leid, hab ich vielleicht zu heftig regiert? Habe ich irgendeinen Straftatbestand erfüllt? Ich war nicht besonders nett aber was greift der mich auch an? Vielleicht brauch ich Urlaub.

Mein Wachleiter übernimmt das Wort und bittet den Bürger kurz draußen Platz zu nehmen es würde gleich ein Kollege kommen der die Anzeige entgegennimmt.

Kaum dass der Bürger den Wachbereich verlassen hat grinsen meine Kollegen mich an! Witzig sein wollte ich eigentlich nicht jetzt habe ich endgültig den Ruf einer Emanze weg. Egal es gibt wirklich schlimmeres.

Die Funkwageneinsätze sind so heftig, dass ich nachts um 2 Uhr einen Vordruck aufrufe "Entlassung aus dem Beamtenverhältnis"

Ich bin gerade dabei diesen mit meinen Personalangaben zu befüllen, als ich kurz darüber nachdenke was denn die Alternative zum Polizeijob ist?

Über den Job des Essenslieferanten habe ich in der Vergangenheit schon nachgedacht.

Den ganzen Tag mit dem Auto durch die Stadt zu fahren das Ganze schön im dichten Berufsverkehr, nie einen Parkplatz zu finden.....Nein das kommt nicht in Frage.

Und das bisschen Trinkgeld was ich zum Hungerlohn verdiene geht dann garantiert für diverse Anzeigen wegen Falschparkens drauf.

Ich kann auch als Gesundheitsmanager in einer Systemgastronomie anfangen. Das hört sich sehr lukrativ an, aber wenn man bedenkt, dass ich dann den ganzen Tag Burger verkaufen muss. Ich glaube das wird mich auf Dauer nicht ausfüllen.

Eine weitere Alternative wäre ein Job als Verkäuferin in einem großen Lebensmitteldiscounter. Die suchen auch immer motiviertes, fähiges Personal.

Ich könnte sogar in zwei Schichten arbeiten, müsste nur leider, schuld ist das Ladenschlussgesetz, auf meine geliebten Nachtdienste verzichten. Problematisch sind meine miserablen Mathekenntnisse, wenn die Kasse ausfällt dürfte ich an meine Grenzen stoßen.

Nicht umsonst habe ich einen Beruf gewählt wo in der Mathematik nicht der Schwerpunkt liegt.

Habe ich eigentlich noch alle Uniformteile wenn ich mich auskleiden lasse? Wohl kaum irgendwie ist der Schrank mit den Jahren immer leerer geworden.

Habe ich jetzt eigentlich schon Pensionsansprüche?

Ich komme zu dem Ergebnis, dass ich erstens nichts anderes kann als Polizistin zu sein und der damit verbundene Stress sich komplett neu zu orientieren ist auch nicht zu verachten.

Was bin ich nur für ein bequemer Mensch? So wird es nie was mit einer Veränderung, dann sollte ich das Thema ad acta legen und aufhören mit meinem Schicksal zu hadern.

Ich nehme den Vordruck und schredder ihn. Thema beendet die Behörde wird meine Arbeitskraft behalten. Ich fühle mich gleich viel besser, Berlin kann ja so was von glücklich sein, jemanden wie mich zu haben und zu behalten.

10.12.2009   13:00 – 23:00 Uhr Drogeneinsatz mit Vincent als Einsatzleiter

Heute steht ein Drogeneinsatz an, mal wieder.
Diesmal in Form einer Standkontrolle.
Meine übrige Schicht, 17 Personen heute, versehen den Frühdienst von 06:00 – 13:15 Uhr
Und so habe ich groß angekündigt, für meine liebe Frühschicht heute lecker ein Drei-Gänge-Mittagsmenü kochen zu wollen.
Unser Einsatz startet erst um 15 Uhr, das heißt genug Zeit ist da.
Ich war heute Morgen noch einkaufen und habe in meinem Reformhaus um die Ecke die leckeren Zutaten aus biologischem Anbau gekauft.
Ich bin felsenfest davon überzeugt, dass ich meine cholesteringeschädigten Kollegen von gesundem Essen überzeugen werde.
Während ich in der Küche unseres Reviers das Essen zubereite decken meine Kollegen im Sozialraum den großen Esstisch und sehnen mit großem Hunger ihr Mittagessen herbei.
Ich serviere erst mal die Vorspeise; Es gibt einen leckeren Gartensalat mit frischem Löwenzahn, Pinienkernen und einen kleinen Schuss Distelöl.
Ich habe natürlich auch an die Getränke gedacht, heute gibt's mal keine Cola sondern leckere Säfte aus biologischem Anbau. Ich habe drei Mohrrübensäfte, vier Flaschen Sauerkrautsaft und Vitalwasser ohne Kohlensäure gekauft.

Rufus fragt gleich für wen denn diese Säfte sind, und der Salat wird auch nicht mit dem Appetit verspeist den ich mir erhofft habe.
Na ja ich habe eigentlich auch kein Wunder erwartet. Von meiner Hauptspeise werden sie jedoch begeistert sein, dessen bin ich mir sicher.
Während ich also die Vegetarischen Bouletten auf Saisongemüse zubereite gehen Rufus und Clemens ohne dass ich etwas davon mitbekomme zum Getränkehandel gegenüber und kaufen 2 Kisten Cola und eine Kiste Limo.
Ich serviere den Hauptgang und versuche mir nichts davon anmerken zu lassen dass ich etwas enttäuscht bin, wegen der Colakisten.
Das ist schließlich Zucker pur und diese Menge an Zucker kann der Körper gar nicht verarbeiten und letztlich setzt dies dann in Form von Fettdepots an. Wo soll ich bloß mit der Ernährungsberatung ansetzen, wenn nicht einmal ein gewisses Grundverständnis vorhanden ist?
Tommy fragt aus welchem Fleisch denn die Bouletten bestehen?
Ich erkläre, dass es sich hierbei um ein rein Pflanzliches Produkt handele, und zwar Tofu was sehr gesund ist und vor allem Cholesterinfrei.
Rufus geht zu seinem Spind und kommt mit einem großen Glas extrascharfen Senf zurück.
Er ertränkt die Bouletten förmlich mit 5 Esslöffeln.

Das kann doch nicht mehr schmecken, das muss ja so scharf sein, das es nur noch weh tut.
Rufus ist in dieser Beziehung jedoch offensichtlich schmerzfrei. Ich kenne niemanden der es schafft, so scharf zu essen und das Ganze bis zum heutigen Tage auch noch überlebt hat.
Wir unterhielten uns mal auf der Wache über extrascharfe Currywürste.
Der Schärfegrad hat übrigens eine eigene Maßeinheit: SCOVILLE.
Es gibt in Berlin tatsächlich eine Currywurstbude, die darauf spezialisiert ist die Currywürste mit einer extrascharfen Soße zu überschütten.
Es gibt dort 5 Stufen des Schärfegrades die man bestellen kann..
Rufus sei nach seinen Angaben bis zur Schärfe 3 gekommen, na dann hat er ja noch ein Ziel vor Augen.
Dieses brennende Gefühl hat meiner Meinung nach nichts mehr mit Geschmack zu tun.
Durch das Capsaicin, so nennt sich der Stoff in der Chilischote wird dem Gehirn sofort signalisiert, dass eine akute Verbrennung vorliegt.
Der Körper reagiert darauf folgendermaßen: Das Stresshormon Adrenalin wird ausgeschüttete, Wasser wird an den „Brandherd" transportiert.
Die Stelle in dem Falle der Gaumen beginnt stark anzuschwillen.

Ich frage mich ernsthaft ob man von dem ursprünglichen Geschmack der Currywurst noch was mitbekommt? Da das Capsaicin nicht wasserlöslich ist wird es letztlich über den Darm ausgeschieden auch hier befinden sich Schleimhäute und der Spaß beginnt von Vorne.
Na dann guten Appetit.
Didi unterbricht meine Überlegungen und fragt mich ob Cholesterin der Stoff ist der dafür sorgt, dass das Essen auch schmeckt?
Jetzt reicht es mir, ich verlasse enttäuscht den Sozialraum und beschließe mit meinem leckeren Dessert zu überzeugen. Süßspeise kommt immer gut an und was ist süßer als Haferflockenbrei mit süßem Birnenkompott aus dem Bioshop?!
Leider hält sich auch hier die Begeisterung in Grenzen und ich komme zu dem Schluss, dass ich meine Kollegen vermutlich etwas überfordert habe.
Gefrustet über die Reaktion meiner Kollegen beschließe ich erstmal **Mr.Indisch-Extra-scharf** in seinem Büro zu besuchen um einen Cafe mit ihm zu trinken.
Er erzählt mir, dass heute sein letzter Tag wäre und er dann erst am 04.01.2010 wiederkommt.
Ich denke einen Moment darüber nach wieso er solange Urlaub bekommt und ich noch eine gute Woche arbeiten darf.
Wie wird eigentlich mein Weihnachtsfest ablaufen?

Vermutlich wie jedes Jahr, meine Mama wird erwarten, dass wir pünktlich um 17 Uhr bei ihr eintreffen.
Sie wird lecker Schnittchen machen, mein Papa wird Heino-Weihnachtsschallplatten auflegen und damit für die besinnliche Stimmung sorgen.
Spätestens um 20 Uhr wird Mama sagen, dass sie die ollen Kamellen nicht mehr hören möchte.
Papa wird beleidigt sein und ich werde mal wieder Zeuge einer ehelichen Differenz meiner Eltern.
Wieso streiten sich so viele Paare Weihnachten? Schließlich ist es doch ein Fest der Liebe.
Wie jedes Jahr wird Mama um 21 Uhr in ihren Schlafanzug schlüpfen um uns auf diese Weise zu signalisieren, dass es Zeit zum Gehen ist.
Vielleicht sollte ich ernsthaft in Erwägung ziehen nächste Jahr Weihnachten einfach mal zu sagen, dass ich arbeiten muss. Schöne Bereitschaftsdienste über die komplette Kalenderwoche und in Wirklichkeit mit meiner eigenen kleinen Familie in eine urige Berghütte abtauchen. Back to Basic sozusagen; Sprich Bergromantik ohne Luxus, sodass wir nur Uns haben.
Kein Telefon, kein Handy überhaupt nichts was im entferntesten Sinne mit Technik zu tun hat.
Problematisch dürfte es allerdings für unsere Kids werden, ganz ohne Spielkonsolen auskommen zu müssen.

Um 15 Uhr ist Einsatzbesprechung deshalb verlasse ich kurz davor mein Büro und schließe es Ordnungsgemäß ab. Ich fahre zudem die Rechner runter und schalte das Licht aus. Clemens der bis vor 2 Minuten im Büro saß ist verschwunden. Als ich über den Gang laufe kommt er mir entgegen und seine Begeisterung hält sich in Grenzen als ich ihm sage dass ich unser Büro verschlossen habe. Er habe doch nur einen Cafe geholt.
Nun gut das tut mir jetzt leid für ihn.
Mir fällt ein, dass ich verantwortlich für die Einsatztasche bin und diese aus Vincents Büro empfangen muss.
Hierzu muss ich erstmal den Schlüssel von ihm bekommen um den Schrank zu öffnen. Wie kompliziert das doch ist, hätte er ja die Tasche mitbringen können. Ich erwäge den Gedanken vom Schlüssel einen Gips-Abdruck anfertigen zu lassen um in Zukunft problemlos an das Einsatzmaterial zu kommen.
Die Einsatzbesprechung verläuft gut und auch die ersten zwei Kontrollstunden, nur leider ist es recht frisch draußen und zu aller Unglück regnet es. Das passt jedoch zur Jahreszeit.
Glücklich aber extrem durchnässt sitzen wir auf dem Gruppenwagen und können es kaum erwarten rein zu fahren um uns trockene Kleidung anzuziehen. Ich schlage meinen Kollegen vor lecker Mate-Tee, allerdings ohne den ungesunden Kristallzucker, zu kochen.

Außerdem sind noch ein paar leckere vegetarische Bouletten übrig die ich in der Mikrowelle erwärmen kann.
Die Kollegen ziehen jedoch ernsthaft in Erwägung gut essen gehen zu wollen und zwar eine Edelcurrywurst die es in einem stadtbekannten Hotel gibt.
Zu 16 € mit Besteck auf einem Porzellanteller serviert.
Man merkt deutlich, dass es in diesem Monat Weihnachtsgeld gab, die flippen alle aus momentan.
Normalerweise kann man unser Gehalt als geregelte Armut bezeichnen klar man kann damit gut Leben aber Luxus ist natürlich nicht drin und so kommen Kollegen auf die fantasiereichsten Überlegungen wie man sein Gehalt aufbessern kann. Eigene Kneipe, als Komparse jobben oder Heizung ablesen sind hier die normalen Jobs.
Es gab jedoch schon Kollegen die bei einem Hertha BSC Spiel mit einem Einkaufswagen vor dem Stadion die Pfandflaschen aufsammeln, ob das nun wirklich sein muss wage ich zu bezweifeln.
Auf der Wache angekommen erblicke ich neben der Kaffeemaschine eine Spongebob Tasse und assoziiere damit einen lustigen Kinobesuch mit meinem Sohn vor etwa 3 Jahren.

Man stelle sich vor ich als einzige einigermaßen Erwachsene Person sitze mittig im Kinosaal. Um mich herum 150 Kinder im Alter von 5-9 Jahren.
Ich kante bis zu diesem Zeitpunkt Spongebob noch nicht.
Zu meiner Schande muss ich gestehen, dass ich mich nicht wirklich dafür interessiert habe.
Der Kinofilm ging los und bereits im Vorspann tobte der Kinosaal 150 Kinder sangen lauthals den Titelsong mit:" wer wohnt in einer Ananas ganz tief im Meer? Spongebob Schwammkopf usw......
Wobei der Part Spongebob Schwammkopf gebrüllt gesungen wurde. Ich bin lärmerprobt, ich bearbeite des Öfteren Unfälle auf der Autobahn und schaffe es trotzdem mich mit den Verkehrsteilnehmern zu verständigen.
Das geht auch ohne Migräneanfälle. Aber der Kinosaal in genau diesem Moment war zugegebenermaßen grenzwertig hätte man da eine Dezibelmessung durchgeführt das käme vermutlich dem Start eines Düsenjets ziemlich nahe.
In genau diesem Moment wusste ich auch weshalb die anderen Eltern ihre Kinder vor dem Kino erwarteten und nicht mit hineingingen.

11.12.2009 Spätdienst mit Clemens 15:00 – 20:15 Uhr

Heute steht für mich ein verkürzter Spätdienst an, ich löse Florian ab, damit er zu einer Weihnachtsfeier gehen kann.
Zu diesem Zwecke springe ich ab 15 Uhr auf den Funkwagen. Die Stimmung ist klasse und Claudia und ich bringen die Wachbesatzung zum lachen mit einem witzigen Einsatz den wir vor einigen Wochen hatten.
Ein Bürger hat sein Fahrrad an einer Laterne entdeckt, wies Claudia und Florian gegenüber seine Eigentümerschaft nach, jedoch wurde es ihm vor drei Wochen entwendet und nun vom offensichtlichen Neueigentümer oder sogar vom Dieb selber mittels Schloss gesichert.
Die Polizei dein Freund und Helfer sind auch als Fahrradschlossknacker bestens geeignet.
Zu diesem Zwecke wurden Steffan und ich zur Unterstützung alarmiert. Mit im Kofferraum hatten wir einen gigantischen Bolzenschneider.
Steffan stieg ganz Gentleman-like aus dem Funkwagen aus und begrüßte lässig Flo und Claudi, während der Bolzenschneider mit mir schleppend den Funkwagen verließ.

Florian der kräftigste von uns Vieren versuchte sich nun als Schlossknacker. Neben uns erschien nun ein aufgebrachter Bürger der sich lauthals darüber erboste was wir denn da täten. Er möchte bitte umgehend unsere Dienstmarke sehen. Oh man da hat mal jemand ein Krimi gesehen, wir sind Schutzpolizisten wir haben keine Marke.
Ob wir denn wirklich von der Polizei seien denn schließlich könnten wir uns auch verkleidet haben. Claudia platzte nun endgültig die Hutschnur, ja klar und weil wir so prima kostümiert sind haben wir auch unsere Zwei Funkwagen mit, inklusive Funkgeräte.
Endlich zog der Bürger von Dannen. Menschen gibt es.
Das Fahrrad wurde nun durch Florian vom Schloss befreit und wir legten es zwecks weiterer Überprüfung in seinen Funkwagen schön auf den Rücksitz. Unsere Autos sind nicht die Größten und so war für Claudia kein Platz mehr. Kein Problem Florian fuhr los und wir versicherten Ihm, Claudia bei uns mitzunehmen.
Flo funkte den Abschluss und gab an, dass seine Kollegin nun bei uns mitfährt. Ich ergriff daraufhin das Funkgerät und schloss mich Flo`s Abschluss an, erwähnte jedoch, dass seine Kollegin nicht bei uns sei. Keine drei Sekunden später klingelte Claudias Handy und Florian brüllte aufgeregt: „Claudia wo bist du?"

Natürlich klärten wir ihn sofort auf, dass wir Spaß gemacht haben. Der Funksprecher fragte ob wir schweres Gerät an Bord haben außer dem Bolzenschneider. Ich erwiderte ja noch eine Achsbeschwererin, in Form der Kollegin vom anderen Funkwagen, auf der Rückbank.

Zurück zum heutigen Dienst es ist nichts los. Didi liegt förmlich in einem Bürostuhl und liest neueste Geschäftsanweisungen im Intranet. Da er sich nicht nach vorn beugen möchte sondern diese Liegendposition beibehalten will hat er das Mousepad und Mouse auf seine Knie gelegt das schaut so witzig aus. Eigentlich fehlt es nur noch, dass ihn jemand mit Weintrauben füttert.

Auf der Wache wird gerade Schlagermusik raten gespielt. Zu diesem Zwecke hat Rufus seinen Lieblingsradiosender eingeschaltet der den ganzen Tag nur Schlager und Volksmusik bringt. Ich stelle mir gerade vor was das für ein Eindruck auf den Bürger macht.

Tommy, Rufus und Motte raten munter drauflos als ein neuer Song erklingt. Ich steh etwas hilflos im Türrahmen denn meine Musikinteressen gehen eher Richtung Hip Hop.

14.12.2009 freier Tag

Heute steht Frühdienst an, ich habe überraschend frei bekommen. Ich wache also wie immer pünktlich halb fünf Uhr morgens auf um mich dann daran zu erinnern, dass mich die Dienststelle heute gar nicht will. Naja wenn sie der Meinung sind auf mich verzichten zu können auch gut. Dann sollen sie halt sehen wer ihnen morgens um sechs vom Markt lecker Frühstück kauft; 3 x Hering, 2 x Matjes und einmal Fischboulette im Brötchen.

Dann sollen sie halt hungern und ich mach mir einen schönen Tag mal ganz ohne Arbeit.

Um halb sechs steh ich in der Küche und trinke erst mal einen Cafe um festzustellen, dass ich um diese Zeit normalerweise bereits auf dem Schnitt bin meist sogar schon umgezogen auf der Wache und für meine „Jungs" Aufwachcafe extrastark koche. Wer wird heute Cafe kochen? Mein Mann sagt immer, dass ich auch mal loslassen soll nun gut ich versuche es ja. Ein zweiter Cafe geht noch, dann wecke ich meinen armen Mann ausschlafen ist heute nicht drin schließlich bin ich heute mal zu hause und dann sollten wir was schönes unternehmen.

Ich glaube ich weiß auch schon was, shoppen gehen, das macht doch Spaß. Ich brauche Schuhe für den Dienst stabile Boots. Nein heute kein Dienst stimmt ja, also werd ich mir chice Pumps für den Privatbedarf genehmigen.

Als ich meine Mann um halb acht wecke und ihm meinen grandiosen Vorschlag unterbreite hält sich seine Begeisterung in Grenzen, jedoch als ich in Aussicht stelle ohne zu murren ihn anschließend in diesen tollen Elektrogroßmarkt zu begleiten ist er dann doch einverstanden. Er schlägt vor, dass wir zuvor im Frühstückslokal ganz in Ruhe den Tag starten.
Um halb neun fahren wir dann lecker Frühstücken, ich überlege kurz ob ich meinem Schatz die 4 Spiegeleier auf fettem Speck ernährungstechnisch inklusive Beleuchtung der steigenden Blutfettwerte madig mache, aber nein heute habe ich einen freien Tag und der soll nicht nur schön beginnen sondern auch harmonisch enden.
Ich habe ihm schließlich noch nicht gebeichtet, dass einem Elektromarkt mindestens 8 Schuhläden gegenüber stehen. Es gibt halt nicht im erstbesten die passenden Treter für mich. Ich bin schon recht anspruchsvoll wenn's um mein Privatschuhwerk geht.
Praktisch und bequem reicht für den Job aber privat habe ich da schon so einige Vorstellungen und die zu erfüllen kann halt etwas dauern.
Um 10 Uhr startet das Powershoppingprogramm. Keine halbe Stunde später schaut mein Mann aus, wie nach einem Halbmarathon, völlig am Ende erschöpft und genervt. Ich glaube wir Frauen haben ein sogenanntes Shopping-Gen, welches bei Männern fehlen muss.

Wenn mein Prachtexemplar mal ein Pulli braucht dann sagt er doch glatt zu mir, wenn du gehst bring mir einen mit. Niemals nicht in diesem Leben könnte ich mir vorstellen, dass ich meinem Mann das nötige Vertrauen entgegenbringen würde, dass er meine Kleidung für mich kauft.

Bis auf Dessous aber selbst dort passieren Fehler da wird das Wunschkörbchen gekauft und nicht das welches ich tatsächlich trage.

Und wenn das gekaufte Höschen eine Nummer größer ist als ich trage ist der Krach vorprogrammiert, so nach dem Motto ob er findet, dass ich so fett geworden bin um so ein Zelt von einer Hose tragen zu müssen, und wenn er meine ich bräuchte so eine große Körbchengröße dann sollten wir mal unser erspartes für eine Brustoperation opfern.

Es gibt bei Dessous übrigens auch andere Farben als schwarz und rot, denn beide Farben finde ich schrecklich.

Seitdem hat mein Mann mir keine Dessous mehr gekauft.

Ich bin eigentlich nicht zickig aber ein bisschen zuhören und auf meine Wünsche einzugehen kann doch nicht zuviel verlangt sein. Ich weiß doch schließlich auch was er für ein neues Designerhandy hat, welches Betriebssystem er für seinen Computer nutzt und wie viele Festplatten mit welcher Speicherkapazität er besitzt.

Um 12 Uhr Mittag habe ich Schuhe gefunden die für mich gemacht wurden, bis auf den Preis.

Ich stolziere mehr schlecht als recht auf den 12 cm High-Heels durch das Geschäft und denke darüber nach ob es ein Dienstunfall wäre, wenn ich nach der Schicht auf dem Heimweg mit diesen Schuhen verunglücken würde. Was sagte mal Claudia zu mir: Du musst nicht darauf laufen können du musst nur gut aussehen.

Zweifelsfrei empfinde ich, dass ich auf diesen Schuhen sehr gut aussehe, wenn man die Tatsache ausklammert, dass ich darauf absolut nicht laufen kann.

Mein Mann scheint sich mit meiner Wahl nicht auseinandersetzen zu wollen, denn während ich das Objekt der Begierde ungefragt dem halben Laden präsentiere sitzt er auf einem Ledersessel und liest Zeitung typisch. Wieso habe ich ihn überhaupt mitgenommen bezahlen und tragen werd ich die Schuhe alleine es lebe die Emanzipation der Frau.

Das gibt Zeitabstriche beim Elektromarkt. Er kann sich doch mal ein wenig begeistern wenn seine Frau sich übrigens in erster Linie auch für ihn hübsch macht. Ich stolpere also munter durch den Laden und treffe dann die Entscheidung die Schuhe kaufen zu wollen. Der Blick auf den Preis raubt mir kurz den Atmen 329 Euro.

Die sind ja teuer entfährt es mir. Nun schaut mein Mann mal von seiner Computerzeitung auf und fragt mit ernstem Interesse: „Wie teuer sind denn die Schuhe?" Ohne ihm zu antworten, denn sein Desinteresse hat mich doch etwas verärgert, übergebe ich der Verkäuferin die Schuhe und entgegne sinngemäß, dass die Schuhe jeden Cent Wert sind und man bei Mode nicht auf den Preis achten solle.

Im gleichen Moment könnte ich mich Ohrfeigen denn nun steh ich an der Kasse und zahle die Schuhe mit meiner EC-Karte wohlwissend dass ich damit den Rest des Monats Pleite bin. Mal sehen wovon ich mich ernähre in den verbleibenden 2 Wochen. Das Weihnachtsfestessen fällt dann eben aus oder ich nehme von meiner Mama am Heiligabend die verbleibenden Schnittchen mit, die wir am 1.Weihnachtsfeiertag noch gut essen können.

Meinem Mann erzähl ich dann was von Armut und Solidarität gegenüber den ärmeren Menschen auf unserem Planeten.

Wir sollten mal anfangen das dekadente Leben und überflüssige Fest-fressen einzuschränken. Braucht man denn unbedingt eine Gans Weihnachten, schmeckt doch eigentlich gar nicht und macht tierisch viel arbeit. Klöße schmecken mir nicht und auf Rotkohl kann ich auch verzichten.

Mein Gatte darf nur nicht den wahren Grund erfahren, zu spät er steht plötzlich hinter mir und bekommt doch tatsächlich den Preis mit den ich gerade mit meiner EC-Karte löhne.
Sein entsetzten Blick wird ich wohl nie vergessen. Ich hole tief Luft und bevor der arme Kerl die Chance hat irgendwas zu sagen fauche ich ihn schon an, ich habe seit 6 Jahren den gleichen Computer du kaufst dir jedes Jahr einen neuen wegen dem steigenden Arbeitsspeicher, ein Bundle ist ja nicht ausreichend es muss immer ein neuer Rechner sein der jedes Mal an die 600 Euro kostet wage es ja nicht irgendeinen unqualifizierten Spruch wegen ein paar Schuhe loszulassen.
Ich denke über die Variante Nebenjob nach und ob Hertha dieses Wochenende spielt. Ich habe doch frei und könnte mich vor dem Stadion einfinden und Pfandflaschen sammeln. Eventuell käme ich auf diese Art und Weise mit zwei bis drei Einkaufswägen voller Pfandflaschen auf 329 Euro.
Dann hätte ich mir die Schuhe mehr als verdient. Mit einem Wagen voller Flaschen zum Getränkemarkt würde ich jedoch als so peinlich empfinden, dass ich diese Idee ganz schnell verwerfe, dann doch lieber hungern. Ein paar Kilo weniger gehen immer. Mein Mann zuckt mit den Schultern erwähnt sinngemäß wenn du es dir leisten kannst Schatz du gehst ja schließlich arbeiten.

Innerlich könnte ich heulen, denn er hat recht mit dem was er sagt, denn leisten kann ich mir die Schuhe nicht wie eben festgestellt. Ob er Gedanken lesen kann? Hoffentlich nicht!
Ich werde mir jedoch nicht die Blöße geben es jetzt zuzugeben, weder vor ihm noch vor der armen Verkäuferin die vermutlich auf Provision arbeitet und nun auch mal einen kleinen Bonus zu ihrem dünnen Lohn erhält.
Schließlich ist Weihnachten, sie hat vermutlich auch Familie und kann wenn sie viel Provision bekommt Ihren Kindern schöne Geschenke machen. In mir steigt ein warmes Gefühl empor ich leiste gerade einen Beitrag für einen guten Zweck. Nun bin ich mir sicher, dass ich diese Treter mein Eigen nennen und sei es aus diesem besagten karitativen Grund einer armen Verkäuferin zu einem schönen Weihnachtsfest zu verhelfen.
Was bin ich doch für ein selbstloser Mensch, da kann man auch mal hungern.
Mit dem Objekt meiner Begierde verlasse ich den Laden, mein Mann drängt mich nun mein Versprechen einzulösen, und einen diesen , aus meinen Augen ohnehin überflüssigen, Elektromarkt aufzusuchen.
Versprochen ist versprochen und er war, für seine Verhältnisse sehr tapfer.
Wir betreten das Geschäft und ehe ich mich versehe darf ich mir einen exklusiven Vortrag über die neuesten technischen Entwicklungen anhören.

Dreißig Minuten später bin ich bestens aufgeklärt über die geniale Blu Ray DVD Technik über Speichersticks die immer kleiner werden und weiß bestens Bescheid über die LCD Fernseher.
Mal ganz ehrlich ich liebe es ja wenn er sich daran erfreut aber ich habe ihn auch nicht eingeweiht in die neuste Modelinie meines Lieblingsdesigners. Wieso ich Stiefelletten brauche und die Vorzüge von Waschleder Stiefeln.
Mein Mann ergreift, ich hätte es nicht anders erwartet einen neuen Rechner mit dem neuen Betriebssystem, riesigen Arbeitsspeicher und gigantischer Festplatte. Ich frage mich manchmal für was er diesen riesigen Speicherplatz braucht.
An der Kasse löhnt er die knapp 600 Euro bisschen teuerer als meine Schuhe und nun kommt mir erneut der Gedanke wovon um Himmels Willen wir die letzten 14 Tage im Dezember leben wollen. Ich überlege, dass wir ja am Heiligabend bei meiner Mama dinieren, die Reste mitnehmen für den 1. Weihnachtsfeiertag ist dann gesorgt.
Ich schlage also spontan vor, dass wir den zweiten Weihnachtsfeiertag bei seiner Mama verbringen werden und dort leckeres Weihnachtsfestessen genießen werden. Die Mama von meinem Schatz denkt sowieso immer, dass wir am verhungern sind was ja in diesem Moment der Realität entspricht. Sie wird uns vermutlich essen einpacken, welches uns über den Jahreswechsel retten wird, perfekte Idee.

Er ist begeistert und findet es sehr schön, dass wir mal zu seiner Mama fahren, ja klar wir können uns es auch nicht leisten zu Hause zu kochen, wovon denn?
Irgendwie nervt mich gerade unsere unverschuldete Armut.
Wir fahren nach Hause, mein Schatz inspiziert seine neue Ausbeute, meine neuen High-Heels verschwinden im Schuhschrank zu den anderen 60 paar Schuhen, heute werde ich sie wohl nicht anziehen. Ich schlüpfe in bequeme wetterfeste Kleidung und verschwinde Richtung Kurfürstendamm denn ich bin mit meiner Freundin Ricarda auf dem dortigen Weihnachtsmarkt verabredet.
Sie ist wie ich bei der Polizei beschäftigt, allerdings in einer anderen Dienstgruppe. Wir hatten mal das Vergnügen gemeinsam zum Schießtraining gehen zu dürfen. Die Trainer dort lassen sich immer neue Dinge einfallen, so übergaben sie mir mal eine Waffe wo zwei Patronen völlig verkantet waren und nichts mehr ging. Der Trainer fragte mich was ich machen würde wenn meine Waffe so ausschaut, ich äußerte spontan, typisch Frau halt, dass ich die Waffe wegwerfen würde, denn schließlich sei sie kaputt.

Ricarda lachte Tränen und der Trainer erklärte mir ebenfalls etwas schmunzelnd, dass man diese Art der Hemmung durchaus beseitigen könne, Ich erwiderte, dass ich Polizistin bin und mein technisches Verständnis gen Null gehen würde. Er ließ jedoch nicht nach und zeigte mir eine Möglichkeit den Fehler zu beheben, ob ich das in der Ernstsituation jedoch beherzigen würde steht jedoch in den Sternen.

Ich bin etwas zu früh dran und beschließe die Zeit zu nutzen und meinem Mann ein Weihnachtsgeschenk zu kaufen. Eigentlich nicht schwer denn Technik gibt es ja genug auf diesen Planeten. Ich entdecke ein Geschäft mit dem aufregenden Namen Satlitentechnik, das hört sich genial an, das ist Innovativ und Neu genau das Richtige für mein Schatz.

Im Geschäft will ich natürlich nicht wie ein dummes Weibchen rüberkommen und so stürze ich mich zielgerichtet auf einen Receiver.

Ich denke mal, dass man den am Fernseher anschließt und dann bekommt man Filme aus der ganzen Welt also über Satellit er wird sich tierisch freuen da bin ich mir sicher. Der Verkäufer kommt auf mich zu und mustert mich als ob er sich innerlich fragt ob ich mich verlaufen habe. Ich ignoriere seine Blicke und denke mir schon mal ein Strategie aus was ich ihm antworte wenn er es wagen sollte irgendeinen Machospruch abzulassen.

Er fragt jedoch ganz nett wonach ich denn suche und ob er mir behilflich sein kann.

Ich erkläre, dass ich für meinen Mann einen Satellitenreceiver brauche und der in der Auslage genau meinen Wünschen entspräche. Er fragt mich nun doch tatsächlich ob wir denn Satellitenfernsehen empfangen können. Ist das ein Trottel denke ich mir, natürlich nicht deshalb will ich das Teil haben. Ich erwidere Schnippisch: kann ich jetzt den Decoder bekommen?
Er schaut mich etwas verwundert an, nimmt ihn dann endlich aus der Auslage und packt ihn mir in eine Tüte. Meine Güte wollte der mich angraben oder was? Wahrscheinlich hält der mich für völlig bescheuert und aggro aber das ist mir egal so einen Satlitenempfänger kauft man eh nur einmal im Leben. Der Weg aus dem Laden gestaltet sich etwas schwierig ich stolpere über diese hässlichen Metallschüsseln die überall auf dem Boden liegen.
Eines steht fest solange ich in unserer Beziehung was zu melden habe kommt mir so eine hässliche Schüssel nicht ins Haus. Sieht ja aus als ob man Kontakt zu Aliens aufnehmen möchte.
Jetzt aber zum Treffen mit Ricarda.
Wir haben uns seit drei Monaten nicht mehr gesehen und die Wiedersehensfreude ist groß. Sie erzählt mir, dass sie gestern einen Weihnachtsbaum gekauft hat und diesen sogar schon geschmückt hat.

Ich habe noch keinen Weihnachtsbaum, es ergab sich noch nicht die Möglichkeit, in den Grunewald, mit laufenden Motor zu fahren, um heimlich eine Tanne zu fällen.
Vielleicht sollte ich es auch einfach mal in Erwägung ziehen eine Tanne ordnungsgemäß käuflich zu erwerben.

15.12.2009 10:00 –20:00 Uhr Dienstunterricht und Funkwagen ab 12:45 Uhr mit Nic

Heute ist mein letzter Arbeitstag vor meinen zugegeben mehr oder weniger wohlverdientem Urlaub.
Zunächst steht Dienstunterricht an, Vincent gibt Stollen aus. Ich überlege ob ich mir diese Weihnachtssünde leisten kann und beschließe nach meiner Fressorgie am Nikolaustag mich diesmal zurückzuhalten. Der Traum war doch etwas heftig und als Büffelhüfte möchte ich nicht enden.
Wir haben uns 5 Kaffeekannen mit in den Lehrsaal genommen. Vor mir steht die 10%ige Kondensmilch und ich beschließe mein Cafe schwarz zu trinken, denn diese Kaloriensünde werde ich mir nicht erlauben.
Nach unserem geselligen Beisammensein übernehmen wir unsere Funkwagen und fahren diverse Einsätze.

Mir fällt heute auf, dass es diverse Geländewagen auf den Straßen gibt. Da will mir mal einer erzählen, dass er kein Geld hat. Diese Teile fressen 20 Liter Sprit und die Anschaffung ist auch nicht gerade preiswert. Jede Autofirma bietet mittlerweile solch ein Auto in ihrem Sortiment an. Die Idee so was als Funkwagen zu fahren kam mir auch des öfteren.
Sehen wir jetzt mal davon ab, dass es diese Autos in den nächsten 10 Jahren vermutlich nicht als Elektromobile geben wird, aber sie würden doch auf eine gewisse kulturelle Bevölkerungsschicht einen respekteinflößenden Eindruck machen.
Man stelle sich einfach mal folgende Situation vor, ich steh mit solch einem Geschoss an einer roten Ampel gefühlte 3 Meter unter mir hockt ein Bürger mit Migrationhintergrund in seinem schnittigen Sportwagen und schaut zu mir auf. Ich betätige meinen elektrischen Fensterheber, lehne mich cool aus dem Fenster um ihm zu sagen: „das ist ein Auto, nicht wahr?!" Da kann man doch mal richtig stolz sein.
Vermutlich würde jedoch die Anschaffung nicht vertretbar sein, oder man müsste pro Dienststelle nur einen dieser Geländewagen kaufen. Die Vorstellung wie sich meine lieben Kollegen zu Schichtbeginn fast prügeln würden, weil jeder den Wagen fahren will bringt mich zum lachen.
Was kompensieren Männer eigentlich die große sportliche Autos fahren müssen?

Es ist ja so, dass Männer in der Regel die Entscheidung treffen was für ein Auto angeschafft wird. Größer, breiter, tiefergelegt als der Wagen vom Nachbarn.
Geld spielt hier keine Rolle. Frauen achten da eher auf Design, der Wagen muss niedlich aussehen die Farbe muss stimmen und er muss in kleine Parklücken passen wenn man in der City shoppen gehen will. Technische Daten spielen für Frauen eine untergeordnete Rolle.
Mein Auto ist übrigens ein kleiner, pinkfarbener Franzose mit dem ich zufrieden bin. Im Winter jedoch hat er Probleme es ist ihm dann einfach zu kalt, und da springt er nicht an. Da ich jedoch ebenfalls kein Wintertyp bin, habe ich dafür Verständnis, und fahre dann mit dem Bus zur Arbeit. So leiste ich einen Beitrag für die Umwelt und schone meinen Sommerflitzer der sich, wie ich auch, in der Cote Azur besser aufgehoben fühlen würde.
Unsere jetzigen Funkwagen sind deutlich kleiner als der Vorgänger, als wir diese Neu bekamen hat uns doch tatsächlich ein Bürger ausgelacht.
Das würde mit dem Geländewagen von Auto nie passieren.
Gegen 16 Uhr parken wir ordentlich in einer Seitenstraße den Funkwagen ab, mein Kollege möchte sich nach Theaterkarten erkundigen in einem kleinen Geschäft.

Auch der Polizist hat ein Privatleben das muss mal im Vorfeld erwähnt werden um nachzuvollziehen was gleich passieren wird und meine Reaktion und Gedanken zu verstehen.
Nic verschwindet im Laden und ich schreibe meine Einsatzdokumentation, als Bürger Wichtig dem Aussehen nach 100 Jahre alt, an meinen Funkwagen tritt und mich anspricht. Ob ich denn im Dienst sei und das mein Kollege gerade in Zeitungsladen gegangen ist um sich Zigaretten zu kaufen. Ich möchte ihm antworten aber er lässt mich nicht zu Wort kommen und führt seinen Monolog fort. Mein Kollege dürfe sich keine Zigaretten im Dienst kaufen und er wolle sich darüber beschweren.
Jetzt holt der Wichtel Luft und ich habe die Chance zu reagieren. Mein Kollege ist überzeugter Nichtraucher der kauft sich keine Zigaretten sondern tätige eine Ermittlung. Er fragt nun doch tatsächlich um was es denn in der Ermittlung geht. Ich bin innerlich so angespannt und wütend reiße mich jedoch zusammen und erkläre ihm, dass ich ihm darüber keine Auskunft erteilen muss.
Wütend geht er nun zum Zeitungsladen aus dem gerade Nic kommt, übrigens ohne die ersehnten Theaterkarten, und stellt ihm genau dieselben Fragen. Was ist das nur für Mensch wieso will der uns schaden?

Nic reagiert ebenfalls ruhig, beantwortet die Fragen, wünscht dem Bürger einen schönen Tag und kommt dann zurück zum Funkwagen. Der Opa ruft uns noch hinterher, dass er sich beschweren wird er kenne unseren Abschnittsleiter. Zurück auf der Wache platzt mir vor Zorn förmlich die Hutschnur, ich überlege mir was ich mit ihm anstellen würde wenn er mir privat über den Weg laufen sollte. Ich würde ganz galant über seine Gehhilfe stolpern, er würde das Gleichgewicht verlieren und mit einem schönen Oberschenkelhalsbruch ins Krankenhaus kommen. Zu dumm Unfälle passieren halt.

Es besteht dann die Möglichkeit, dass er in der Klinik eine Lungenentzündung bekommen könnte und verstirbt. Das wäre ja traurig dann schafft er es eventuell gar nicht seine Beschwerde zu formulieren.

Zum Glück ist heute mein letzter Arbeitstag und ich komme mal etwas zur Ruhe.

Dies grundaggressive Haltung gegenüber unschuldiger Bürger geht ja gar nicht.

16.12.2009 Mein erster Urlaubstag

Mein Tag beginnt mit dem öffnen des Briefkastens.
Als ich die Zahnarztrechnung erblicke kommt mir spontan folgender Gedanke: kündigen und Zahnmedizin studieren, die scheinen ordentlich zu verdienen. Allein mit meiner heutigen Rechnung kann eine Durchschnittsfamilie eine Woche sehr gut leben.
Ich bin heute mit meiner Mama verabredet, nach der letzten Shoppingtour hat mein Mann keine Lust mehr mit mir schlendern zu gehen. Ich verstehe nicht wieso, schließlich hat es doch Spaß gemacht.
Ich treffe um 10 Uhr bei meiner Mama ein. Wir wandern durch diverse Läden, vor einem Sockenkorb bleibt sie stehen und bemerkt, dass sie Socken kaufen möchte ihre Alten gehen ihr auf die Nerven. Interessant Mama kommuniziert mit Socken wie ich mit der schimmeligen Cafe Tasse von Clemens neulich. Jetzt weiß ich von wem ich das geerbt habe.
Ist doch aber auch nicht verkehrt wenn man die Fähigkeit besitzt eine Gesprächsbasis mit Gegenständen seiner Umwelt aufbauen zu können. Wenn ich morgens in mein Büro gehe kommt es schon mal vor, wenn ich mich unbeobachtet fühle, dass ich ein Monolog mit meinem Schreibtisch beginne.

Mama kauft Socken und diverse andere Dinge und lässt diese in ihren Stoffeinkaufsbeutel verschwinden. Ich kaufe mir gar nichts, wovon auch? Die Schuhe haben mein Konto eh schon belastet und nun noch die Zahnarztrechnung.
Mama fragt mich was mein Schal macht, ja genau ich habe ja das Stricken zu meinem neuen Hobby erklärt, jedoch wie das so bei mir üblich ist nach 12 Reihen den Schal mit steckenden Nadeln im Spind vergraben.
Es wäre mal eine interessante Idee meinen Spind auszuräumen welch vergessene Hobbys von mir darin lagern. Ich habe sooft im Dienst besonders nachts irgendwas machen wollen, dies wieder verworfen und in den Spind versenkt.
Mama fragte ernsthaft ob sie den Schal mitnehmen soll und fertig stricken könne. Klasse Idee jedoch würde sie sich auch bereit erklären die anderen 34 Schals für meine Dienstgruppe zu stricken. Die Kollegen würden sich freuen und ich würde natürlich erzählen, dass das mein Werk ist. 11 Euro Gewinn pro Schal hatte ich ja bereits ausgerechnet allerdings müsste ich dann Mama daran beteiligen. Geld braucht sie auch immer, das scheint übrigens ebenfalls ein Familienphänomen bei uns zu sein, ständig auf der Suche nach neuen Ideen und Möglichkeiten Geld zu verdienen. Wir wollten sogar eine Catering Firma aufmachen.
Die Rollenverteilung wäre klar Mama kocht und ich fahre aus.

Zugegeben das würde mir kein Spaß machen also konnten wir diese Möglichkeit gleich wieder verwerfen.
Gegen 13 Uhr beenden wir unsere Shoppintour und vor der Haustür sucht Mama ihren Schlüssel, der natürlich im hintersten Nirwana ihres Stoffbeutels verschwunden ist. Bei den Einkäufen dürfte der schwer zu finden sein. Mama hat die Lösung parat sie kippt kurzerhand den gesamten Inhalt ihrer Tasche auf den Gehweg sodass diverse Gewürze, Taschentücher und vieles mehr auf denselbigen verteilt sind.
Und siehe da der Schlüssel ist auch wieder da. Das Temperament habe ich wohl auch von ihr.
Kniend lesen wir die Einkäufe auf und gehen noch kurz in ihre Wohnung.
Ich schlage Mama vor, dass wir für sie mal ne chice Handtasche besorgen können, dies lehnt sie ab, der Beutel reicht ihr sie braucht so einen modischen Schnickschnack nicht.
Auch meinen Schuhtick habe ich nicht von ihr denn sie besitzt ganze drei paar Schuhe. Ich kenne nicht eine einzige Frau, außer meine Mama, die nicht wenigstens 20 Paar besitzen. Wenn ich ihr von meinem letzten Kauf erzähle zu 329 Euro, nein ich glaube das lasse ich lieber bleiben sie würde es eh nicht verstehen, ich verstehe es auch nicht mehr denn mir fällt keine Gelegenheit ein wann ich die neuen Treter ausführen würde, zumal ich darauf immer noch nicht laufen kann. Ich beschließe heute Abend auf den Schuhen laufen zu üben.

Am frühen Nachmittag bin ich dann wieder in meinen eigenen vier Wänden.
Mein Mann ist mit einem Kumpel Billard spielen, das macht er etwa 2 mal im Monat. Ich war einmal mit und das war total frustrierend. Ich bin felsenfest davon überzeugt, dass ein Mann genetisch bedingt ein anderes Vermögen der räumlichen Vorstellung hat. Gibt es eigentlich eine Billard Weltmeisterin? Ich für meinen Teil meine mir einbilden zu können, dass ich durchaus in der Lage bin Einfallswinkel gleich Ausfallwinkel berechnen zu können. Aus Gründen die sich mir einfach nicht erschließen wollen funktioniert meine Berechnung nur nicht. Ich habe also nach einem Abend für Gelächter der Männer gesorgt und beschloss in Zukunft lieber zu Hause zu bleiben und Dinge zu tun von denen ich Ahnung habe.
Wie zum Beispiel „laufen üben!"
Mein Flur hat eine beachtliche Länge von knapp 6 Metern und am Ende hängt ein Mannshoher Spiegel.
Ich ziehe mein Lieblingskleid an und die neuen Schuhe und beginne mit den Stolperübungen.
Zur Weihnachtsfeier bei Mama werd ich genau dieses Outfit tragen vorausgesetzt ich bekomme es hin unfallfrei auf den High-Heels zu laufen.

Nach einer Stunde Lauftraining stelle ich nicht nur fest, das ich mich jetzt sicher auf den Schuhen bewegen kann, sondern muss mir selber anerkennend auf die Schulter klopfen ich habe das Talent zum Laufstegmodel.
Das wäre doch der Nebenjob!
Ich sehe mich schon zu meinen Vorgesetzten sagen, es tut mir leid Wochenende kann ich leider nicht zum Dienst ihr wisst doch da ist die New York Fashion Week und da laufe ich für Dolce & Gabbana.
Habe ich es etwa vergessen zu erwähnen? Kein Wunder ich leide noch am Jetlag.
Das Shooting in Sydney war ja erst Vorgestern.
Nein der Polizeijob und die Modebranche würden sich nicht vertragen.
Ich werde durch das Schließen an der Wohnungstür aus meinen Überlegungen gerissen.
Mein Mann kommt, ich werde ihm mal gleich meine Topmodel Qualitäten vorführen mittels Livewalk. Träumen ist ja schließlich erlaubt.
Die Tür geht auf und meinem Mann bietet sich folgendes Bild. Seine angetraute stolziert stolz über den Laufsteg auf ihn zu.
Kurz vor dem Wohnungstüreingang liegt ein DSL Kabel welches von der Wohnzimmerbuchse direkt ins Arbeitszimmer verlegt ist.

Genau dieses besagt Kabel ist nun meines, der Absatz meines rechten Schuhs wickelte sich förmlich um Dieses. Ich stürze direkt in die Arme meines Schatzes. Der freut sich über die stürmische Begrüßung.
Ich glaube mein Plan Topmodel zu werden ist hiermit definitiv gescheitert, das dürfe ich mir auf der Mailänder Modewoche nicht erlauben.
Ich hätte wetten können, dass ich dieses Kabel noch nie gesehen habe, wieso liegt das da jetzt im Flur?
Mein Mann erkennt meine Frage in meinen wütend blitzenden Augen und beantwortet diese bevor ich sie stellen kann.
Schatz das W-Lan funktioniert nicht da hab ich heute Vormittag das Kabel verlegt. Ich schrei ihn an: „Verlegen nennt man das? hingelegt habe ich mich fast! Was zum Teufel ist cin W-Lan?"

17.12.2009 mein zweiter Urlaubstag

Wie immer werde ich zeitig wach, punkt halb sechs stehe ich förmlich im Bett. Durch den Schichtdienst bekommt man halt leider Schlafstörungen. An manchen Tagen ist es so schlimm, dass ich nach dem Aufwachen, weder weiß welcher Wochentag ist noch welchen Dienst ich versehen darf. Ich bin jedoch froh, dass ich noch einigermaßen die Jahreszeiten drauf habe und nicht im Minikleid Mitte Februar zum Dienst laufe.

Ich koche mir zunächst einem Cafe und nehme mir dabei fest vor meine Handtasche aufräumen zu wollen. Ich kann beim besten Willen nicht verstehen, wieso die so schwer geworden ist.

Es befinden sich zwei Gerichtsterminladungen darin. Beide im Januar und es handelt sich dabei um Verkehrsordnungswidrigkeiten.

Ich muss an meinen letzten Termin denken den ich im sogenannten Amtsgericht hatte.

Da ging's um einen Handyverstoß also nicht Besonderes eigentlich, der Betroffene erwartete im gleichen Wartesaal in dem ich platz nahm seinen Verteidiger und den Gerichtstermin. Ich saß auf einem der Plastikstühle und beschäftigte mich mit einem Buch.

Etwa 10 Minuten vor Behandlungsbeginn erschien der Anwalt des Betroffenen, die Beiden begrüßten sich und ich wurde Zeuge eines interessanten Gespräches. Da sagte dieser Pseudocasanova von Anwalt doch tatsächlich zu seinem Mandanten:" Ich kenne die Richterin, die ist nett, ich flirte immer mit ihr. Machen sie sich keine Sorgen. Das Verfahren gegen sie wird eingestellt."
Lernt man diese Technik beim Jurastudium?
„Herzlich Willkommen zum Seminar Betörung des Vorsitzenden!"
Ich stellte mir gerade seine Rechnung vor, unter welchem Posten Gebührenverordnung für Anwälte er den Faktor Flirt abrechnen will.
Einmal essen gehen + Bar + Hotel mit der Richterin = 850 €.
Gruselige Vorstellung wegen einem Handyverstoß zu 40 Euro. Ich kann nur hoffen, dass die Richterin nicht auf diesen Schleimbeutel eingeht.
Die Verhandlung lief dann folgendermaßen ab, wir wurden zunächst Alle in den Saal gebeten. Der Schmierlappen reichte der Richterin die Hand und sparte nicht mit Komplimenten über ihr doch so gutes Aussehen.
Ja klar ich käme mir an ihrer Stelle ziemlich veräppelt vor, mit der schwarzen hängenden Robe kann man wunderbar seine weiblichen Vorzüge kaschieren.

Hätte nur noch gefehlt, dass er ihre Hand geküsst hätte um sie anschließend zu vernaschen.
Entweder war sein Auftritt etwas übers Ziel hinausgeschossen oder für die Richterin zählten nur Fakten mit denen ich überzeugen konnte.
Der Mandant wurde verurteilt, seine Strafe zu zahlen.
Vor dem Saal fehlte dem Gockel das Verständnis, er bedauere die Niederlage, dass hat bisher immer geklappt. Ich wartete nur darauf dass ein Spruch sinngemäß käme wie die hatte wohl ihre Tage. Ich glaube dann wäre ich ausgerastet. Es steht nun mal nicht jeder auf so eine Geleematte wie diesen drittklassigen Anwalt. Er sollte in Zukunft lieber fachlich überzeugen.

18.12.2009 Mein dritter Urlaubstag

Meine Sehnsucht nach der Dienststelle steigt ins Unermessliche. Ich glaube, dass ich mal schauen muss ob ohne mich alles funktioniert.
Wir haben heute Frühdienst ich bringe die Kids in die Schule und stehe punkt halb neun auf der Wache. Etwas ungläubig empfängt mich Tommy mit der einladenden Begrüßung: „Was willst Du denn hier?"
Ich habe keine Luftsprünge oder eine La Ola Welle erwartet, aber ein wenig mehr Begeisterung und Freude wäre nicht schlecht.

Ich genehmige mir erst mal ein Cafe bevor Tommy mir sagt, dass Vincent oben ist. Zu dem möchte ich aber eigentlich gar nicht. Es interessiert mich viel mehr ob der Cafe auch ohne mich schmeckt und ob der alltägliche Funkwagendienst funktioniert. Ich glaube, dass ich mir langsam darüber im Klaren sein muss, dass ich nicht die Dienstgruppenleiterin bin.

Neidvoll erkenne ich an, dass der gekochte Cafe von Volker lecker schmeckt, sogar Kuchen steht auf der Wache, alles ist als ob ich da wäre man benötigt meine Anwesenheit nicht das verletzt mich zugegebenermaßen schon ein wenig.

Ich trinke den Cafe aus und verlasse geknickt die Dienststelle.

Ziellos irre ich durch die Stadt heute sind −11 Grad es ist schrecklich kalt, definitiv gehört Deutschland nicht zu meinen bevorzugten Klimaregionen.

Spanien wäre klasse, Kanaren sogar perfekt. Meine Entscheidung ist gefallen ich hole meine Tochter aus der Schule ab, packe einen Rucksack mit Bademode, Unterwäsche bisschen Kosmetik zwei Kleider und Sandalen, reicht mehr brauchen wir nicht, wir haben ja uns.

Am Flughafen geh ich zum ersten Schalter mit den Worten:" Wir wollen weg, hier ist es kalt, Kanaren, das Ganze bitte noch heute. Pässe und Gepäck haben wir bei!" Der Typ grinst und es klappt sogar, ganz spontan sitzen meine Tochter und ich drei Stunden später im Flieger es geht nach Grand Canaria.

Ich beschließe meiner Familie, aber auch meiner Dienststelle Postkarten auf Spanisch zu schreiben. Erstens weil ich das lustig finde aber auch weil sie sich schon mal an den Gedanken gewöhnen können, dass ich nicht wirklich vor habe zurück nach Deutschland zu kommen.
Ich bin der Meinung man sollte sich schnellstens in der neuen Heimat integrieren.
Ich habe bin fest entschlossen, auf Grand Canaria zu bleiben auch wenn der Flieger gerade erst gestartet ist.
Die Vegetation, das Meer, die Menschen ich denke da passe ich bestens rein. Vielleicht kann ich dort sogar eine Dienstgruppe aufbauen und leiten. Nein jetzt erst mal Urlaub nebenbei Spanisch lernen und dann mal schauen ob ich da einen Job finde.
Zum Glück habe ich einen tollen Sprachkurs gekauft „Spanisch in 30 Tagen!"
Ich halte mich allerdings für ein Naturtalent was mein Sprachlernvermögen angeht und zudem befinde ich mich auf Spanischsprechenden Terrain.
Es ist demnach durchaus realistisch, dass ich in 3 Tagen bereits spanisch sprechen werde.
Meine Tochter genießt selig ein Mittagsschläfchen und so hole ich das Sprachlernbuch aus meinem Rucksack und beginne mit meinen Sprachübungen.
In Gedanken formulierte ich schon die erste Postkarte an meine Dienststelle:

Hola, saludos desde Gran Canaria. L'estamos haciendo Bieno el clima es agradable y cálido. Creo que me quedaré aquí. Necesito encontrar sólo la guardia de la policía española.
<u>Zu Deutsch:</u>
Hallo, Grüße aus Grand Canaria. uns geht es gut. Wetter ist schön und warm. ich glaube wir bleiben hier. ich muss nur noch eine spanische Polizeiwache finden.

19.12.2009 mein vierter Urlaubstag

Eine große deutsche Tageszeitung berichtet vom 1. Kältetoten in Deutschland. Das war abzusehen bei −16°C.
Zum Glück sind wir bereits gestern geflogen. Heute werden diverse Flüge gestrichen, weil die Flugzeuge vereist sind.
Mein Gedanke beim Aufwachen galt meiner Dienststelle. Meine Kollegen haben heute Spätdienst und ich verschwende einen Gedanken an die Kälte die sie ertragen müssen.
Natürlich habe ich es nicht geschafft für meine Dienstgruppe Schals zu stricken, und meiner Mama war die Gewinnspanne im Verhältnis zur Arbeit zu gering.

Ich denke über Tommys „herzliche" Begrüßung gestern nach und komme zu dem Schluss, das sie ruhig frieren können.
Es ist schrecklich warm und währen ich mir Sonnenlotion auftrage summe ich den Song „brennend heißer Wüstensand".
Gestern hatte ich ein wenig Probleme bei Zoll in Berlin.
Grund hierfür war eine 0,5 l Plastikseltersflasche im Handgepäck.
Was denken die was ich damit anstellen kann? Ich gehe also ins Cockpit drücke dem Piloten die Flasche in den Rücken, zwinge ihn die Maschine nach Tel Aviv zu lenken, sonst erselter ich ihn?! Lächerlich!
Mal schauen was noch kommt wenn sie beim durchleuchten meines Koffers die Spritze mit dem 25% Wasserstoffoperoxid finden.
Das Zeuge benötige ich um meine Zähne zu bleichen.
Sieht toll aus, wenn ich am 31.12.09 meinen ersten Dienst bestreite, braune Haut, strahlend weiße Zähne.
Und ewig lockt die Weiblichkeit.
Das Buffet im Hotel verfügt über eine Riesenauswahl.

Ich muss an Mama denken, sie würde verzweifelt sämtliche Lebensmittel auf ihren Kohlenhydrateinhalt abchecken müssen.
Mamas neue Diät: Null Kohlenhydrate.
So ganz ohne Nudeln, da würde ich schlechte Laune bekommen.
Wir waren letztens gemeinsam im Bioshop.
Mama kaufte sich 5 Dosen Eiweißpulver natur.
Ich frage also ob denn das schmeckt? Sie erwidert mit einer Überzeugungskraft, die ich wohl ebenfalls von ihr geerbt habe, dass das richtig lecker ist. Nun gut ich muss einfach mal probieren. Das Kosten von Lebensmitteln , vor Urteilsbildung, erwarte ich auch von meinen Kollegen wenn ich koche.
Just in diesem Moment denke ich an Mr. Indisch-extra-scharf wie es ihm wohl geht?
Er wird Weihnachten mit seiner Tochter verbringen, ohne Ex-Frau. Dem Kinde zuliebe könnte man doch das Fest gemeinsam verbringen und sämtliche Streitereien ausklammern. Genau dieses schlug ich ihm auch vor.
Er war jedoch nicht sonderlich angetan von meiner Idee. Der Gedanke mit seiner Ex Frau und ihrem neuen Freund, der sie ihm ausgespannt hat, ein seliges Fest zu verbringen graust ihm.
Er war sich sicher, dass dieses Fest in Handgreiflichkeiten enden würde.
In diesem Moment spüre ich deutlich, dass er sie noch liebt.

20.12.2009 mein fünfter Urlaubstag

Morgens um 06:50 Uhr klingelt mein Hotelzimmertelefon.
Ich greife den Hörer und überlege ob von mir erwartet wird, dass ich meine fließenden Sprachkenntnisse unter Beweis stelle.
Ich melde mich jedoch dann doch mit: „Ja Bitte?"
Eine aufgebrachte ältere Dame ist am anderen Ende die mir ihre Schlafstörungen mitteilt.
Hat sie sich etwa verwählt und möchte einen Arzt sprechen?
Ich bin jedoch hilfsbereit ergreife in Gedanken ein Nachschlagewerk „Lehrbuch der inneren Medizin" und denke darüber nach welche Medikation angebracht wäre, als sie mir unmissverständlich klar macht, dass die Schuld an ihrer fehlenden Nachtruhe bei uns liegen würde.
Sie wirft vor, dass bei uns gepoltert wird und dass sie die ganze Nacht kein Auge zugetan hätte. Bis vor kurzem war dies ein ruhiges Haus und nun ist nur noch Lärm.
Nach Beendigung des Monologes denke ich über die Nacht nach, wir sind um 22 Uhr eingeschlafen und eben erst aufgewacht, was auch immer der guten Dame den Schlaf geraubt hat, wir sind daran definitiv unschuldig.
Um 08:00 Uhr gehen wir zum Frühstücksbuffet, ungefragt kommt die liebe Frau Nachbarin an meinem Tisch, ihre Stimme bekommt nun ein Gesicht, sie ist Rentnerin.

Sie will mir nun tatsächlich erklären, dass ich mit einem Kind welches etwas lebhafte ist nicht in den Urlaub fahren darf.

Nun ist es mit meiner inneren Ruhe vorbei. Töchterchen ist sich gerade ein Toastbrot holen, sodass ich der guten Frau mal meine Einstellung zu dieser Thematik näher bringen darf.

Ich beginne zunächst mit dem sachlich, juristischen Part:

Kinder machen vor dem Gesetz keinen Lärm, ich kann und werde meine Tochter weder anbinden noch ihr den Mund mit Kreppband verschließen.

Ich kann sie zur Ruhe ermahnen mehr aber auch nicht.

Auch wir haben recht auf Urlaub denn im Gegensatz zu ihr gehöre ich zur arbeitenden Bevölkerung und benötige dringend Erholung.

Kinder sind unsere Zukunft und sichern die Rente.

Sollte sie auf ihre Ruhe so beharren dürfe sie kein Familienhotel buchen sondern müsse sich dann für einen Seniorenurlaub mit Wanderungen, Nordic Walking und Thermalbäder entscheiden.

Sie könne natürlich auch den direkten Weg Richtung Friedhof wählen, dort hat sie Ruhe ohne Ende für immer.

Meine Tochter kommt zurück und ich beiße genüsslich in eine Gurkenscheibe. Jetzt geht es mir besser.

Die Dame zieht von Dannen sie werde sich beschweren. Fragt sich nur worüber? Dass wir uns bis 22 Uhr unterhalten haben? Dass wir um 06:40 Uhr aufgewacht sind?
Ich ergriff mein Notizbuch und schrieb mir den Dialog mit der charmanten Dame auf. Sie kommt etwas 10 Minuten später nochmals an meinem Tisch und fragt was ich mir notieren würde.
Ich gebe ihr die einzig richtige Antwort.
Ich schreibe unter einem Pseudonym eine Kolumne für eine bekannte überregionale Abonnementzeitung, und sie würde in meinem nächsten lyrischen Erguss eine tragende Rolle spielen. Noch blasser, ich hätte nicht gedacht, dass das geht, verschwindet sie aus meinem Sichtfeld.
Wir beschließen nach dem Frühstück an den Pool zu gehen, keine halbe später legt sich die besagte Schlafgestörte hinter uns auf eine Liege. Sie will Ruhe und sucht unsere Nähe, psychologisch durchaus auswertbar.
Ich schnappe mir mein Töchterchen und fahre mit ihr an den Strand. Als wir zurückkommen und in den Hotelfahrstuhl steigen, steht die Dame wieder da.
Ich leide nicht wirklich an Verfolgungswahn aber was zum Teufel hat das zu bedeuten?
Eine grausame Vorstellung macht sich in mir breit, der Fahrstuhl könnte stecken bleiben und wir müssten stundenlang mit ihr auf 1qm ausharren.

In Zukunft nehmen wir die Treppe.
Meine Kleine lernt am Spätnachmittag eine Freundin kennen, gleiches Alter, die mit ihren Großeltern, hier Urlaub macht. Herrlich diese Kontaktfreudigkeit hat sie von mir, wobei ich bisher nicht erfolgreich war. Mein erster Kontakt war die charmante ältere kinderliebe Dame und so beschließe ich die verbleibenden Urlaubstage nur mit Gesprächspartnern unter 7 Jahren zu verbringen.
Abends ist Minidisco angesagt und ich treffe die Entscheidung mit meinen 50 kleinen Freunden heute als einzige Erwachsene mitzutanzen.
Beim Abendessen bekomme ich eine SMS von meinem Kollegen Rudi.
Ich wollte mit ihm morgen ein Bier trinken.
Wir haben uns bald drei Monate nicht gesehen, weil er auf einem Lehrgang war.
Zuvor sind wir öfter die Woche gemeinsam Funkwagen gefahren. Dieser liebe Kollege schickt mir nun folgende SMS:" Hab morgen Gerichtstermin, danach Treffen mit Dir. Ach ne geht ja gar nicht du sonnst dich lieber auf Gran Canaria."
Höre ich leichte Enttäuschung aus dieser Mail heraus? Vielleicht könnte ich ihn besänftigen wenn ich mich bereit erkläre die Schals für die Dienstgruppe zu stricken?
Fraglich ist jedoch was für ein Eindruck es hinterlässt, wenn ich bei 24°C am Strand sitze und dicke beigefarbene Wolle verarbeite?

Die Deutschen spinnen oder ähnlich dürfte die Reaktion der anderen Nationen sein.
Bin ich jetzt zynisch oder einfach nur fürsorglich? Immerhin denke ich an meine Kollegen, nicht einmal jetzt gelingt es mir wirklich abzuschalten.
Ich formuliere also meine Antwort SMS sinngemäß er möge nach dem Gericht zum Flughafen fahren. Da geht um 13 Uhr ein Flieger nach Las Palmas ich würde ihn mittels Mietwagen um 17 Uhr Ortszeit Grand Canaria dort abholen und wir können um 18 Uhr Cocktails oder ein Bierchen in einer Strandbar genießen. Das Flair hier ist nicht schlecht.
Seine Antwort ist jedoch eine Absage, das sei ihm zu spontan. Ich verstehe es nicht, alle finden meine Spontaneität gut und bewundern mich dafür.
Wenn es kalt ist und ich ein paar Tage frei habe fliege ich in den Süden. Das empfinde ich persönlich als ganz normal.
Alle die ich kenne schlagen die Hände über den Kopf zusammen. Wie ich das machen kann? So schnell? So spontan? Mit Kind? Ob ich keine Angst habe? Wovor denn?
Ich meine mir einzubilden mittels passabler Englischkenntnisse bisschen Französisch und Spanisch überall zurecht zu kommen.
Es liegt vermutlich auch an meiner multiplen Persönlichkeit, die vielen Wesen in mir stimmen per Mehrheitsbeschluss bei solch einer Entscheidung Für oder Wider.

Eines steht fest alle 52 Persönlichkeiten in mir sind Frostbeulen, solch eine eindeutige Entscheidung haben wir noch nie getroffen.
Jetzt ist noch eine Stunde Zeit bis zur Minidisco. Ich werde dort mit 50 Kindern, zwischen 1-9 Jahren, tanzen. Die Erwachsenen schauen zu und wir haben Spaß.
Zuvor nutze ich die Zeit und gebe meine Postkarten an der Rezeption ab.
Ich habe anders als beim Telefonat diesmal meine Sprachkenntnisse unter Beweis gestellt.
Die kompletten Karten habe ich auf Spanisch geschrieben unter anderem eine an Mama und eine an die Dienststelle. Hoffentlich stimmt auch die Grammatik.
Um 21 Uhr gehen wir ins Bett. Ich ziehe den Telefonstecker damit meine „neue alte Freundin" nicht anrufen kann.

21.12.2009 mein sechster Urlaubstag

Um 08:00 Uhr werden wir wach, draußen regnet und Gewittert es. Wir gehen zunächst Frühstücken, dass Wetter wird sich schon noch aufklären.
Im Foyer sitzt die Rentnerfraktion und würfelt. Neben ihnen stehen Nordic Walking Stöcke, wo bin ich bloß gelandet?
Nach dem Frühstück fahren wir an den Strand dort ist das Wetter besser.
Ein paar Jogger laufen den Kilometer langen Sandstrand entlang.
Ich muss wieder an Mr. Indisch-extra-scharf denken, er fliegt öfters mit seiner Tochter nach Fuerteventura schön in eine dieser teuren Clubanlagen die keine Wünsche offen lässt.
Er ist wie ich Langstreckenläufer. Ich stelle mir vor mit ihm gemeinsam zu joggen, während die Kids im Club bespaßt werden. Lustige Vorstellung! Aus meine Überlegungen werde ich gerissen, als ein Jeep am Strand entlang fährt mit der Aufschrift: Policia Local. Perfekt mein neuer Arbeitgeber, wie von einer Tarantel gestochen springe ich auf und winke aufgeregt. Das Bild was sich meinen zukünftigen Kollegen bietet ist abenteuerlich.

Braungebrannt im knappen Bikini laufe ich auf den Jeep zu. Die zwei Polizisten lächeln mich an, und fragen mich auf Englisch ob sie mir helfen können?
In einem Sprachmix aus Deutsch, Englisch und Spanisch erkläre ich, dass ich ebenfalls Polizistin bin, es aber in Berlin zu kalt ist. Hier würde ich mich viel wohler fühlen was sich auch auf meine Arbeitskraft positiv auswirken wird. Deren Uniform sehe besser aus und auch die Autos wären besser als unsere in Berlin.
Ich lasse es nicht aus ein gut durchdachtes Konzept zu erläutern, wie wir die Insel in Abschnitte unterteilen könnten. Ich erkläre mich auch bereit die Einarbeitung zu übernehmen und ich sehe mich durchaus in der Lage eine Dienstgruppe zu leiten.
Meine Tochter, die mitgedacht hat, bringt mir meine Handtasche, aus welcher ich meinen Dienstausweis fische.
Die Beiden schmunzeln und mustern mich von oben bis unten. Nun gut für ein Vorstellungsgespräch bin ich definitiv nicht richtig gekleidet. Ich frage wie es mit einem Probedienst aussieht ich kann gleich morgen anfangen. Die Zwei winken ab und es kommt was kommen musste der Eine fragt ob ich mit ihm heute Abend essen gehen würde.
Na toll, ich wollte einen Job und kein Date.
Die Aktion auf Grand Canaria einen Polizeijob zu finden ist erst mal gescheitert .

Enttäuscht fahren wir Richtung Hotel zurück, im Foyer steht ein Weihnachtsbaum und im Zimmer finde ich einen Zettel auf dem Informationen über ein Weihnachtsbuffet angeboten wird. Ich bin nicht auf die Kanaren geflogen um mich in Weihnachtsstimmung versetzen zu lassen.
Das Pärchen welches gestern Abend vor vier brennenden Adventskerzen saß empfand ich als lächerlich.
Das passt einfach nicht auf diese Insel. Wieso bleiben diese Leute nicht zu Hause trinken Glühwein auf dem Weihnachtsmarkt, backen Plätzchen und stapfen durch den Schnee?
Ich lege mich mit einem guten Buch an den Pool und Töchterchen begibt sich in den Miniclub, sie möchte ein Bild für mich malen.
Ich befinde mich gerade in einem Stadium der kompletten Entspannung als sich ein Schatten zwischen meine Sonne und mich schiebt.
Ich erblicke ein Berg von einem Mann mit einem knallrotem T-Shirt welches folgende Aufschrift trägt: „Sex sells" Das perfekte Outfit um eine einigermaßen intelligente Frau abzuschrecken.
Unsensibel wie der Typ zu sein scheint, bemerkt er natürlich nicht meine ablehnende Haltung und haut seinen billigen Anmachespruch raus:" Hallo schöne Frau ganz alleine hier?"

Ich schlucke die steigende Übelkeit in mir runter und erwidere mit meinem charmantesten Lächeln:" Wenn der Spruch auf Deinem Shirt nur annähernd deinem Lebensmotto entspricht dann sieh zu dass du Land gewinnst. Und geh mir mit Deinem aufgeblasenem Body endlich aus der Sonne!"
Der Kerl zieht ab und endlich kann ich mich weiter sonnen.
Er dreht sich noch mal um und sagt, dass er mich auf einem Drink einladen wollte und er doch sehr höflich und nett war.
Sehr witzig wir sind hier in einer All Inklusive Anlage da braucht er mich nicht einladen. Ich war zwar nicht nett aber ehrlich.
Meine Tochter kommt aus dem Miniclub gerannt und schenkt mir ein Bild welches sie ausgemalt hat. Eislandschaft mit Pinguinen und Schneemann. Tolles Motiv genau davor bin ich doch geflüchtet.
Wir beschließen noch ein wenig spazieren zu gehen und kommen hierbei an einem Immobilienbüro vorbei. Eine innere Kraft zieht mich hinein und ehe ich mich versehe sitze ich dem Makler gegenüber, habe einen Cafe vor mir stehen, Töchterchen wird durch die Sekretärin beschäftigt und ich studiere Exposes.
Wohnungen zwischen 450-800 € Miete monatlich bei den teuren Objekten ist ein Gemeinschaftspool dabei.

Bei dem Klima ist ein Pool unverzichtbar. Die Entscheidung ist gefallen. Wir nehmen ein Objekt hier in Maspalomas 3 Zimmer, 120 qm mit Pool zu 750 € monatlich, das ist fair. Morgen ist Besichtigung.

Ich rufe meinen Gatten an, und teile ihm meine Entscheidung mit, seine Begeisterung hält sich in Grenzen ich solle gefälligst nach Hause kommen und es unterlassen irgendwelche Immobilien anzumieten.

Ich erkläre ihm, obwohl er es wissen müsste, dass Deutschland nicht meine Klimaregion ist und das er es alleine zu Verantworten hat wenn ich dort den Kältetod sterben werde.

Enttäuscht über seine Reaktion gehen wir zurück zum Hotel.

An der Poolbar wird gerade eine Bingorunde eröffnet, nein so verzweifelt bin ich noch nicht, dass ich mich dazugeselle. Zumal der Altersdurchschnitt bei 60 Jahren liegt. Worüber soll ich mit den Mitspielern ins Gespräch kommen? Kochen kann ich nicht und auch stricken hat sich als nicht umsetzbar erwiesen.

22.12.2009 mein siebter Urlaubstag

Um 09:00 Uhr klingelt mein Handy, Vince ist dran er hat von Rudi gehört, dass ich nicht mehr wiederkomme. Ich erkläre ihm, dass meine Waffe und mein Dienstausweis im Schließfach liegt, sowie sämtliche Schlüssel.
Ich werde heute zur Polizeiwache nach Las Palmas fahren und mich dort vorstellen. Wir befinden uns in der EU, ich bin mir sicher, dass ich ab 01.01.10 hier bei der Grand Canaria Polizei meinen Dienst versehen werde.
Ich habe auch eine Wohnung gefunden und mein Spanisch wird von Tag zu Tag besser.
Vincent beendet das Gespräch mit den Worten ich solle mich weiter ausruhen und er erwartet, dass ich am 31.12.09 meinen Dienst in Berlin antreten werde.
Na Prima er nimmt meine Pläne schon mal nicht Ernst. Er wird sehen, alle werden sehen wie ich in Zukunft hier arbeiten werde. Immer in der schönen warmen Sonne.
Beim Frühstück bedienen diverse Männer das Klischee von ungesunder Ernährung.
Eier mit mindestens 5 Scheiben vor fett triefendem Speck.
Da würde ich Krämpfe bekommen.

Die dazugehörigen Frauen ernähren sich um Einiges gesünder. Kein Wunder, dass Frauen statistisch gesehen älter werden als Männer.
Heute ist der letzte Urlaubstag zumindest offiziell, geht es morgen gegen 16 Uhr per Flieger gen Heimat.
Im Foyer hat sich eine Wandergruppe versammelt 50+ die fröhliche Weihnachtslieder singen und auf den Reiseleiter warten.
Mir stellt sich erneut die Frage was dieses Weihnachtsgetue bei 24°C auf der Sonneninsel soll?
Wenn ich „Schneeflöckchen" singen möchte fliege ich doch nicht auf die Kanaren.
In Berlin soll es wärmer geworden sein um die 0°C, mir immer noch gut 20° zu kalt.
Habe ich wirklich den Mut alles hinter mir zu lassen und hier ganz von vorne anzufangen?
Würde ich nicht doch meine Dienstgruppe vermissen?
Ich werde wohl nach Hause fliegen. Außerdem findet im März ein Halbmarathon statt für den ich bereits angemeldet bin.
Meine Entscheidung ist gefallen, kein Vorstellungsgespräch und keine Immobilie zu besichtigen. Morgen geht der Flieger nach Hause.
Das Abendbuffet sieht lecker aus wie immer. Ninas Wunschplatzwahl muss ich entschieden ablehnen, meine nette Urlaubsbekanntschaft sitzt am Tisch nebenan.

Meine Wahl fällt auf einen Tisch umringt von Sitznachbarn mit Kleinkindern.

Die 5-8 Kinder im Windelalter bilden die Lautstärke in welcher meine Tochter wie ein Lämmchen wirkt.

Sollte ich vielleicht den Eltern einen freien Abend anbieten, indem ich die Kinder in unser Tobeparadies Hotelzimmer einlade? Der Begriff gepolter wird neu erfunden werden.

Die ältere Dame nimmt sich vermutlich das Leben oder nächtigt alternativ im ruhigen Foyer.

Die spanische Küche ist lecker und reichhaltig eine üble Kombination. Zu Hause darf ich mich erst mal nicht auf die Waage stellen, wenn ich sie nicht eh schon habe bekomme ich dann ganz sicher eine Depression.

Bei den Dessert steht eine wahre Sünde. Vanilleschaum, ein ganzes Blech. Ich würde es am liebsten komplett vertilgen, nein jetzt muss ich mich aber zusammenreißen. Ich stille meinen Süßigkeitendrang mit zwei Scheiben Honigmelone.

Wie soll ich sonst in Berlin in meine Uniform reinpassen?

Nach dem Abendbrot gehen wir in die Lobby. Ein leckerer Cocktail ist nicht schlecht.

Hier wird 60er Jahre Musik gespielt und ich fühle mich mal wieder fehl am Platz. Die letzte Nacht bricht an und ich träume einen irren Traum:

Ich starte beim Marathon und führe diesen an der Spitze an. Ein Ü-Wagen begleitet mich, von Paces werde ich gezogen, Trancemusik wird über Lautsprecher gespielt, sodass ich im flotten Takt laufe.
Ich bin nicht nur die erste Frau im Ziel sondern laufe zudem einen neuen Weltrekord. Tosender Applaus ertönt als ich das Zielband passiere. Meine Lieblingsband spielt live auf der Bühne im Zielbereich. Kameras, Sponsoren alle wollen mir gratulieren, Wahnsinn was für ein Gefühl.
Mit Helikopter werde ich nach der Siegerehrung ins aktuelle Sportstudio geflogen.
Was ich mit dem Preisgeld + Weltrekordbonus von insgesamt 1 Million Euro machen werde? Fragt mich der Moderator vor der Livesendung.
Ich kaufe eine Finca auf Grand Canaria rufe ich laut.
In diesem Moment befinde ich mich wieder in der kalten Realität. Schade wie gemein doch Träume sein können; Fast hätten sich alle meine Probleme gelöst.

23.12.2009 mein achter Urlaubstag

Der Tag der Abreise ist gekommen, 04:30 Uhr früh werd ich wach und überlege ob ich das Telefon anschließe, meine Nachbarin anrufe und sie frage ob sie gut geschlafen hat?
Meine Sehnsucht nach der Dienststelle geht dem Nullpunkt entgegen.
Vielleicht hat sich jedoch einfach meine Sichtweise geändert. Urlaub ist Urlaub, Dienst ist Dienst und auf Zweites habe ich derzeit einfach keine Lust. Der Gedanke in wenigen Stunden im Flugzeug zu sitzen und zurück ins kalte Berlin zu müssen bereitet mir Übelkeit. Gut ist psychosomatisch aber egal ich bin krank. Ich kann zu einem spanischen Arzt gehen, mich dort krank und transportunfähig schreiben lassen. Zugegeben damit würden sich meine Probleme nur verschieben. Wie lange kann mich eigentlich ein spanischer Arzt krank schreiben?
Ein deutscher Facharzt kann dies 2-4 Wochen. Aber in Spanien? Das ist ja EU gilt hier das gleiche Recht wie bei uns? Ich würde eine Krankschrift von 6-8 Wochen als durchaus angemessen empfinden. Ich leide unter Migräne, Übelkeit und Depression. Wenn ich als Medikation etwas Sonne, Strand und Meer bekomme bin ich sicher bald wieder gesund.
Urlaub auf Krankenschein, Perfekt.

Ich kann jedoch auch einfach nach Berlin zurückfliegen und mir fest vornehmen den Halbmarathon im Frühling und den Marathon im Herbst zu gewinnen. Die Preisgelder reichen locker aus für eine Finca und einige Monate ohne finanzielle Probleme.
Kämen noch ein paar Werbeverträge hinzu wäre mein Leben gesichert.
Mein Traum Laufstegmodel zu werde, eine eigene Catering Firma zu eröffnen oder einen Marathon zu gewinnen das alles wird sich definitiv nicht realisieren lassen. Ich muss mich wohl oder übel meinem Schicksal beugen und zusehen, dass ich mit einer Idee zu Geld komme die etwas realitätsnäher ist.
Eines ist sicher ich lerne Spanisch, denn tief in meinem Inneren weiß ich, dass ich diese Sprache dringend benötige.
Das letzte Frühstück im Hotel. Ich sündige, bin eh gefrustet und habe keine Lust über gesunde Ernährung nachzudenken. Ich genehmige mir ein Männerfrühstück, sprich 2 Spiegeleier mit Brötchen und Butter. Damit es wenigstens etwas gesund aussieht drapiere ich drei Gurkenscheiben auf meinem vor fett triefendem Teller.
Meine Cholesterinwerte dürften sich neu erfinden.
Ein Engländer tritt an meinen Tisch und fragt wo ich den kleinen Löffel her habe.

Ich antworte ihm automatisch ebenfalls auf Englisch. Im Nachhinein ärgert es mich, wieso setzen Engländer immer voraus, dass jeder ihre Sprache beherrscht. Wir sind schließlich in Spanien und so treffe ich die Entscheidung dem nächsten Inselbewohner, der mich anspricht cool in Spanisch zu antworten.

Gegen 13 Uhr werden wir mit dem Bus am Hotel abgeholt, jetzt ist der Urlaub definitiv vorbei es geht Richtung Flughafen.

Dort angekommen dürfen wir erst mal knapp 2 Stunden anstehen um einzuchecken. Töchterchen muss auf die Toilette und wir stehen am Zoll und kommen nicht vor und nicht zurück. Endlich sind wir dran ich werfe unsere Jacken und meine Handtasche in die dafür vorgesehene Kiste und laufe mit meiner kleinen auf dem Arm durch den Kontrollpunkt. Natürlich piept es warum? keine Ahnung, ist mir auch so was von egal. Ich greife meine Sachen und renne mit der Kleinen zur Toilette. Auf Spanisch wird mir hinterhergebrüllt und ich spüre wie ich verfolgt werde. Hollywoodreif wie in einem Actionstreifen renne ich mit meinem Kind auf dem Arm vor den Zollbeamten weg. Prima die verhaften mich ich muss ins Gefängnis. Positiv daran ich bleibe auf den Kanaren. Wenn das meine Dienststelle erfährt. Egal ich denke jetzt nur noch daran, dass meine Tochter dringend auf Toilette muss danach können die mit mir machen was sie wollen. Zeit ist sowieso ohne Ende unser Flugzeug hat etwa 3 Stunden Verspätung.

Ich erreiche mit letzter Kraft die Toilette und sehe im Augenwinkel, dass mir 4 Zollbeamte hinterher rennen. Etliche Passagiere schauen dem Spektakel zu und ich fühle mich wie in meiner eigenen Hauptrolle. Eine Toilettenkabine ist zum Glück noch frei.
Nicht auszudenken wenn Töchterchen jetzt einpullert und bei mir im Vorraum die Handschellen klicken.
Die Kleine erleichtert sich, und ich werde vor der Toilette von den Beamten erwartet und ins Büro gebeten.
Hier werden wir richtig gefilzt, jedoch nach 30 Minuten ist auch das vorbei. Mittlerweile haben wir Hunger und kaufen uns erst mal was zu essen.
Die Abflugzeit verzögert sich weiterhin und in Berlin darf nach 0 Uhr gar nicht mehr gelandet werden. Es ist doch ein Omen vielleicht soll ich umplanen einen Flug nach Lanzarote nehmen und dort bleiben bis das Wetter in Deutschland besser ist und der Flugverkehr wieder funktioniert.
Sollten wir es nicht bis Mitternacht schaffen müssen wir in einer Stadt landen wo es diese Nachtzeitschranke nicht gibt. Hoffentlich München dann bleiben wir eine Woche dort und hängen einen schönen Skiurlaub ran. Gegensätzlicher kann man Ferien nicht verbringen.
Eine Deutsche Urlauberin spricht mich auf Spanisch an, ob der Platz neben mir frei sei? Ich biete ihn ihr an. Sie bedankt sich ebenfalls wieder in Spanisch.

Na bitte geht doch, anders als der Engländer vorhin beim Frühstück.
Es erfüllt mich mit stolz, dass ich scheinbar wie eine Spanierin auf sie wirke. Wie sieht die typische Spanische Frau aus? Genau wie ich. Dunkle Haare braungebrannte Haut und knallbunte fröhliche Kleidung. Mein Lieblingsdesigner ist ein Spanier und dieser dominiert meinen Kleiderschrank.
Um 18 Uhr beginnt dann doch das Boarding nun gut dann ab nach Berlin.
Mein Mann schreibt mir eine SMS ich solle bitte vorsichtig fliegen.
Was zum Geier meint er?
Ich antworte ihm, dass ich die Maschine rechtzeitig hochziehe, dass ich auf die Höhenmeter achte. Eventuellen Fluggänsen werde ich ausweichen damit die mir nicht ins Triebwerk fliegen. Falls wir Notwassern müssen werd ich auch ruhig und gelassen reagieren und die Passagiere beruhigen. Bei der Landung werde ich nicht vergessen das Fahrwerk auszufahren.
Der Flug ist schrecklich, wir fliegen durch ein Unwetter und die Maschine schaukelt heftig.
Ist dass das Ende? Hoffentlich geht es schnell! Stimmt es, dass man im Falle eines Absturzes bewusstlos wird und nichts mitbekommt?

Ich muss an einen Flugzeugkatastrophenfilm denken – Die haben fast alle Überlebt und sind auf einer einsamen Südseeinsel gestrandet und leben dort vermutlich heute noch, weil man sie nicht orten konnte. Wo ist eigentlich mein Handy? Habe ich Netz wenn wir hier abstürzen? Irgendwann schließen meine Tochter und ich die Augen und verschlafen den Rest des Fluges.

In Berlin angekommen erwartet uns mein Mann. Wir suchen erst mal das Auto denn er hat vergessen wo er es abgeparkt hat. Prima dabei möchte ich nur noch ins Bett. Ich frage ihn wie er bei einem Dorfflughafen wie Berlin-Tegel das Auto verlieren kann? Wie viele Stunden bzw. Tage würden wir auf einem richtigen Flughafen wie etwa Frankfurt am Main oder Köln/Bonn nach dem Auto suchen müssen?

Ich bin zugegeben etwas genervt als wir durch das menschenleere Gebäude irren und die ganzen Ausgänge nach dem möglichen Parkplatz absuchen.

Ich erkläre ihm dabei, dass wir die erste Februarwoche nach Teneriffa fliegen werden.

Nach etwa einer Stunde entschließe ich mich mit Töchterchen ein Taxi zu nehmen mein Mann kann sich dann noch weiter Zeit nehmen den Wagen zu suchen. Und wehe ihm er findet ihn nicht, dass kann doch nicht so schwierig sein, meinen pinkfarbenen Franzosen zu finden.

Auf dem Weg zum Taxistand erblicken wir dann endlich das Auto, na dann kann's ja nun nach Hause gehen.

24.12.2009 mein neunter Urlaubstag

Ich wache gegen 07:00 Uhr auf. Bin jetzt wieder auf deutschem Boden.
Bei dem Gedanken nachher bei Mama Weihnachten zu feiern fällt mir das Aufstehen schwer.
Ich habe weder Lust durch den Schneematsch zu laufen noch auf die Heinoweihnachtsplatten.
Ich werde mich jetzt der Kinder zuliebe zusammenreißen.
Um 15 Uhr stehe ich im Bad lege Mascara und Lippenstift auf, Make Up brauche ich nicht, ich bin schließlich schön braun gebrannt.
Ich ziehe ein tolles Kleid an und die neuen High-Heels
zu 329 €.
Die Sünde muss schließlich ausgeführt werden.
Ein kurzer Gedanke geht Richtung Dienststelle, die haben heute Nachtdienst. Nein dann lieber bei Mama Heino hören. Um 16:30 Uhr fahren wir los. Es ist kalt und unangenehm, vor 48 Stunden lag ich noch in der warmen Sonne und musste mich im Meer abkühlen.
Ich beruhigte mich mit dem Gedanken, dass Deutschland nur ein Gastspiel ist und wir im Februar wieder rüberfliegen.
Mama und Papa erwarten uns voller Freude. Die Heinoplatten liefen im Hintergrund.
Mir fällt wie jedes Jahr auf, dass wir im Gegensatz zu unseren Gastgebern overdressed sind.

Wieso geben wir uns auch immer solche Mühe mit der Garderobe. Mein Mann und die Jungs tragen Anzüge mit Krawatte und wir Mädels schicke Kleider. Mama trägt einen legeren Hausanzug und Papa Jeans und Alltagshemd.
Im Wohnzimmer sitzen bereits mein Onkel und meine Oma Grit.
Wir freuen uns, dass wir uns sehen und verfallen gleich in eine angeregte Konservation.
Der Weihnachtsbaum sieht aus, wie jedes Jahr. Es ist schon traditionell, so wie es abläuft kenne ich es von klein auf, und fühle mich dabei zugegeben auch sehr wohl.
Es gibt Kartoffelsalat mit Würstchen und lecker Schnittchen mit Lachs.
Die Bescherung beginnt, die Kids bekommen tolle Spielsachen und beginnen sofort zu spielen. Mutti hat für Papa schwarze Gesundheitssocken ohne Gummiband unter dem Gabentisch. Sie erläutert, dass diese nicht einschnüren, denn das wäre Gift für sein Bein.
Ich denke darüber nach wie lange ich verheiratet sein müsste um auf die Idee zu kommen meinem Mann schwarze Gesundheitssocken zu Weihnachten zu schenken. Ich glaube ich bin dahingehend ein anderer Mensch als meine Mama.
Oma bekommt von ihr neue Topflappen mit lustigen Hennen als Motiv, extra dick damit sie sich beim kochen nicht verbrennt.

Für Onkel und meinem Mann gibt's jeweils eine Flasche Whisky, ebenfalls sehr einfallsreich und traditionell wie jedes Jahr.
Wir haben zu Hause noch drei dieser Flaschen stehen.
Bei meinem Geschenk hat sich Mama ebenfalls Gedanken gemacht ich bekomme eine Antifaltencreme. Ich stürze daraufhin ins Bad und begutachte Hals und Gesicht ob ich eine Falte übersehen habe.
Brauch ich jetzt ein Botox-Abo beim Schönheitsdoktor?
Ohne Feststellung von Falten spreche ich Mama nun direkt darauf an wieso sie mir solch eine Creme schenkt.
Sie erwidert, dass ihre Freundin die auch nimmt, sie ist sehr gut. Für die Haut ab 40. Mama ich bin doch erst 30 Jahre alt, deine Freundin geht auf die 60 zu.
Das ist egal die Creme hält sich ja ein paar Jahre entgegnet sie schnippisch.
Oma und mein Onkel schenken meinen Eltern eine Küchenlampe, dort wo diese hingehört hängt seit 2 ½ Jahren eine nackte Birne von der Decke, das nenne ich sinnvolles schenken.
Die Bescherung empfinde ich enttäuschend wie jedes Jahr. Es ist wirklich das Beste wenn wir uns in Zukunft nichts mehr schenken. Den Stress im Vorfeld und die Enttäuschung am heiligen Abend kann man sich wirklich sparen.

Mein Mann schenkt mir einen tolle Halskette, mit bunten Perlen, passend zu meiner fröhlichen Garderobe. Ich überreiche ihm den Satelliten Decoder und während er ihn auspackt erzähle ich meiner Familie, dass der Verkäufer mich angraben wollte. Mein Mann freut sich und fragt, ob ich die dazugehörige Schüssel zu hause gelassen habe?
Das ist natürlich zu verstehen, dass ich die nicht mitgenommen habe, sie ist schließlich viel zu sperrig. Ich erwidere auf die Gefahr hin, dass ich mich wiederhole, dass solch ein Ungetüm mir nicht ins Haus kommt. Der Decoder ist ohne Satellitenschüssel. Nun schaut mich nicht nur mein Mann, sondern auch mein Onkel und Papa ungläubig an und erklären mir nun zu dritt, dass der ohne Schüssel gar nicht funktioniert. Dicht gefolgt von Gelächter, Frauen und Technik, dass hätte mir eigentlich der Verkäufer erklären müssen. Na Prima das geht ja hier gerade voll nach hinten los. Ich versinke in der Wohnzimmercouch und hoffe dass, die Technikaufklärung bald vorbei ist. Ich höre einfach nicht mehr hin.
Ich denke an meine Dienstgruppe die nun ihren Dienst versieht. Momentan vermisse ich kaum einen Kollegen das mag auch daran liegen, dass ich mich vehement weigere im kalten Berlin einzuleben.

Von den Schnittchen bleibt leider nichts übrig, jedoch etwas Salat und ein paar Würstchen ich biete umgehend an das restliche Essen gerne mitnehmen zu wollen. Oma Grit erwähnt in diesem Moment, dass sie meine Schuhe besonders schick findet. Sie hat wie jede normale Frau eine Schwäche für Schuhe.
Ich versuche das Gespräch schnell umzulenken als sie erwähnt, dass sie diese Schuhe im Schaufenster gesehen hat, jedoch über 300 Euro kann sie derzeit nicht ausgeben für Schuhwerk.
Mein Mann klinkt sich nun ins Gespräch mit ein und erwähnt, das sie genaugenommen 329 Euro gekostet haben und ich aufgrund einer Zahnarztrechnung, des Spontanurlaubes und die besagten Treter in den roten Zahlen bin.
Na Prima ich fühle die imaginäre Backpfeife meiner Mutter. Sie der größte Sparfuchs ich überlege ob ich mir die Ohren zuhalte oder einfach wegrenne. Ihr schwillt die Halsschlagader an und dann geht das Donnerwetter auch schon los. Ob ich noch alle Tassen im Schrank habe, was sie mir immer beigebracht hat es kann doch nicht angehen, dass ich mich verschulde erstens wegen eines Urlaubes der nun nicht hätte sein müssen und nun erfährt sie von den Schuhen. Es ist derart verantwortungslos, soviel Geld aus dem Fenster zu werfen und die Kinder müssen sehen was sie zu essen bekämen, was für eine Mutter ich doch sei........

Prima klasse hinbekommen. Danke Inge danke Gatte, es ist noch lange nicht soweit, dass meine Kinder hungern müssen ich habe ja noch einen Mann der ebenfalls berufstätig ist und Geld nach Hause bringt.
Das übriggebliebene Essen will ich mitnehmen weil es so lecker ist, und nicht weil wir nichts zu Essen haben. Mama springt nun wie ein Flummi durch die Wohnung ob ich sie auf den Arm nehmen will? Das ist ein Salat vom Supermarkt und halt Wiener Würstchen.
Sie glaubt mir kein Wort, ich denke trotzig ob ich den neuen Computer der fast das Doppelte gekostet hat mit ins Gespräch bringe um etwas von mir abzulenken. Jedoch verwerfe ich diese Idee wieder denn dann wird der Streit den ich jetzt mit Mama habe zu Hause in eine Streit mit meinem Mann enden.
Ich fühle mich wie eine pubertierende 13 Jährige und brülle fleißig zurück. Irgendwann sage ich mir leise:" bitte lass es nicht eskalieren, wenn die Nachbarn jetzt die Polizei holen, dann kommt ein Funkwagen meiner Dienstgruppe. Mamas Wohnung liegt im Abschnittsbereich. Das wird dann richtig peinlich.
Mutti geht nun ins Bad und danach ins Schlafzimmer. In ihrer charmant rustikalen Art zitiert sie Papa zu sich.

Wir wissen was nun kommt. Ich deute den Kindern an, dass wir gehen. „Schon?" Fragen sie mich ungläubig.
Eine Minute später stehen meine Eltern in Pyjamas vor uns und sagen, dass sie müde sind. Wir sind alle schon in unsere Jacken und Mäntel gesprungen und verabschieden rasch uns von dem besinnlichen Fest.
Es ist kurz vor 20 Uhr wahnsinnig spät. Ich beschließe vorerst Besuche bei Mama etwas einzuschränken und stöckele mit meinen High-Heels unfallfrei Richtung Auto. Grit entschuldigt sich, dass sie mich auf die Schuhe angesprochen hat. Ich winke ab, dass ist doch in Ordnung, in Mamas Gegenwart kann man eben nicht wie eine normale Frau über Mode reden. Ich verabrede mich für den 2. Weihnachtsfeiertag mit ihr.
Den Salat und die Würstchen habe ich nun vergessen mitzunehmen.

25.12.2009 mein zehnter Urlaubstag

In sieben Tagen darf ich wieder meine Dienststelle betreten. Ich treffe die Entscheidung den Dienstplan meinem Mann in Spanisch durchzusagen. Unser Gastspiel in Deutschland soll nur von kurzer Dauer sein und auch mein Mann sollte sich schnell an die Spanische Sprache gewöhnen.

Nun will ich meine 2 Kg die ich mir im Urlaub sprichwörtlich angefressen habe, aufgrund meiner Maßlosigkeit, abtrainieren. Draußen schneit es und ich der Schönwetterläufer beschließe ins Fitnessstudio auf das Laufband zu gehen und ein paar Kilometerchen zu joggen.

Mein Mann wünscht mir dabei viel Erfolg und verabschiedet sich an der Wohnungstür von mir bevor er mit einer Büchse Milchmädchen ins Arbeitszimmer verschwindet.

Ich sollte langsam die Illusion aufgeben, dass es mir in diesem Leben gelingt ihm gesundheitsbewusste Ernährung beizubringen.

Ich tobe mich im Sportstudio eine gute Stunde aus und besitze anschließend die Energie unsere Wohnung umzugestalten. Zu diesem Zwecke stelle ich einen Plastikcampingschrank ins Arbeitszimmer meines Mannes indem ich seine Kleidung unterbringe. Er besitzt 10 Unterhosen, 12 paar Socken,5 T-Shirts, 3 Krawatten, 6 Jeanshosen, einen Anzug und 82 Oberhemden. Ich sortiere erst mal 50 Hemden aus für einen guten Zweck.

Den überschaubaren Rest sortiere ich in den Campingschrank, geschafft. Nun ist platz für meine spanische Designermode. Der Schrank ist um 60 % ausgelastet, prima dann kann ich weiter shoppen gehen. Ich rufe umgehend Ricarda an, teile ihr mit, dass ich kaum was zum anziehen habe und ob wir uns bei meinem Lieblingsdesigner Store treffen wollen. Sie ist sofort dabei. Prima ich freu mich. Mein Mann bekommt nun die Umgestaltung mit und fragt entsetzt was das nun mit dem Campingschrank im Arbeitszimmer soll. Ich schaffe es jedoch ihn davon zu überzeugen, dass es praktische Gründe hat er ist die meiste Zeit in diesem Raum und hat seine Garderobe dann gleich griffbereit und braucht nicht aufzustehen um den Raum zu verlassen. Für Bequemlichkeit ist mein Göttergatte immer zu haben und ich habe den Schlafzimmerschrank nun endlich für mich alleine.

26.12.2009 mein elfter Urlaubstag

Den heutigen Tag beginnen wir erst mal mit einem schönen Frühstück in unserer Lieblingskneipe. Hier steht ein Billardtisch und ich denke kurz darüber nach ob ich es nicht vagen soll meinem Mann zu beweisen, dass ich es doch kann.

Bald ist mein erster Dienst und ich denke darüber nach was mich geritten hat zunächst eine Doppelnacht und darauf einen 12 Stunden Tagesdienst zu planen. Ich denke an die imaginäre Finca auf den Kanaren die theoretisch schon gekauft ist, und dass sich die Feiertage durchaus finanziell lohnen.

Nach dem Frühstück fahre ich zu Oma Grit. Ich biete ihr umgehend eine psychologische Nachbereitung an. Der Heiligabend bei Mama hat uns alle sehr belastet und so leite ich eine Befindlichkeitsrunde ein bei der wir unsere Gefühle offenbaren. Dabei leeren wir 2 Flaschen Sekt. Nach einem intensiven Gespräch liegen wir uns tränenlachend in den Armen. Das Reden hat uns beiden sehr geholfen oder lag es am Sekt?

Mein Mann darf mich gegen Abend abholen, denn laufen, geschweige denn Auto fahren bekomme ich nicht mehr hin.

Zu Hause buche ich noch unseren Sommerurlaub. Ich ziehe kurz in Erwägung nach Kuba fliegen zu wollen, jedoch wenn ich dort die gleiche Action-Rolle spiele wie am Flughafen in Las Palmas wird man mich dort vorsorglich ein paar Monate in U-Haft stecken. Ich käme dann viel zu spät an meinen Arbeitsplatz wäre vermutlich ausgekleidet und es würde niemanden interessieren, dass ich in Haft saß, weil mein Kind auf Toilette musste. Die Entscheidung ist gefallen. Es geht nach Bulgarien in 223 Tagen. Die Frage die sich mir jetzt stellt, ist ob wir den Flug ab Berlin noch umbuchen können in einen ab Las Palmas?

27.12.2009 Mein zwölfter Urlaubstag

Ich beschließe morgen meine Dienststelle zu besuchen, mal schauen ob ich wieder so nett empfangen werde wie neulich von Tommy.
Ich habe mich mit meinem Kollegen Jochen verabredet. Er hat die große Ehre mit mir morgen im Amtszimmer einen Cafe trinken zu dürfen. Das Beste daran ist, dass er sich darauf freut, es war seine Idee.
Zuvor werde ich noch ins Nagelstudio gehen und ins Solarium um Top gestylt meine Erholung mittels Äußerlichkeiten zur Schau stellen zu können. Meine vermutlich winterblassen Kollegen werden sehr neidisch reagieren.

Den heutigen Vormittag werde ich nutzen ein wenig laufen zu gehen. Zu diesem Zwecke verschlägt es mich in den Grunewald.
Nach etwa 10 Km bemerke ich, dass ich mich in einem Wettkampf befinde. Ein Streckenposten feuert mich an, und teilt mir ungefragt mit, dass ich derzeit die schnellste Frau bin. Perfekt ich gewinne mal eben nebenbei einen Lauf. Ich denke kurz darüber nach ob ich ihn frage wie hoch das Preisgeld ist es könnte durchaus meine Auswanderplänen beschleunigen.
Dummerweise trage ich weder eine Startnummer noch bin ich angemeldet und so beschließe ich die spontane Teilnahme zu verwerfen.
Nach entspannten 16 km breche ich mein Training ab und fülle meine verbrauchten Kalorien mit einem reichhaltigen Mittagessen wieder auf. Mein Mann hat abgenommen und bei mir bleibt die Waage immer beim gleichen Gewicht stehen, obwohl ich laufe und er nicht.
Das ist definitiv genetisch bedingt.
Männer haben eben einen anderen Stoffwechsel. Würde ich mich so ernähren wie mein Prachtexemplar würde ich vermutlich 10 Kleidernummern größer tragen. Mir kommt der Traum in Erinnerung den ich nach meinem Fressanfall am Nikolaustag auf der Dienststelle hatte.
Es schaudert mich ich werde mich in Zukunft wieder mäßigen was das Thema Essen angeht.

Gleich morgen beginne ich eine neue Diät ich beschließe nach dem Dienststellenbesuch Mama aufzusuchen und mir eine Eiweißbüchse abzuholen.

Ferner beschließe ich an einem Neujahrslauf teilzunehmen. Diesen Lauf hatte ich bereits vor ein paar Wochen meinem Kollegen vorgeschlagen dessen Begeisterung sich in Grenzen hielt. Ich bin jedoch was das Thema Laufen angeht durchaus eine Einzelkämpferin und werde diesen Wettkampf mitlaufen.

Die Wetterprognose liegt bei −15° Celsius ich bin mir jedoch sicher, dass ich in einem Skianzug inklusive Moonboots eine tolle Figur machen werde.

Kann man mit diesen dicken Schneestiefeln eigentlich joggen ohne sich ernsthafte orthopädische Schäden zuzuziehen?

Was soll ich dann meiner Dienststelle sagen?

Sorry Leute ich habe einen Schaden an beiden Beinen, weil ich der Meinung war 10 km in Stiefeln laufen zu müssen. Aber Hey in 8 Wochen bin ich wieder voll einsatzbereit und ich habe mir keine Erkältung zugezogen. Ich denke, die Idee ist nicht so gut.

Meinem Mann habe ich heute erklärt, dass es eine tolle Partneraktion gab bei der Anmeldung zum Halbmarathon. Der Partner startet für 10 Euro. Es gibt sogar freien Eintritt in die Sportmesse und ein Funktionshirt gratis.

Mein Schatz muss derzeit alle 300 Meter pausieren und schafft auch nur 1 km. Ich bin jedoch derart von meinen Trainerqualitäten überzeugt, dass ich ihn in drei Monaten fit habe für den 21 km Lauf.
Gegen Abend beschließe ich mit meiner Freundin Nadja zu telefonieren wir haben seit zwei Wochen nicht mehr miteinander gesprochen zu diesem Zwecke ziehe ich mich mit meinem Handy ins Schafzimmer zurück und bitte meinen Mann auf die Kinder zu achten. Keine fünf Minuten später vernehme ich ein lautes Scheppern. Ohne dem weitere Beachtung zu schenken gehe ich davon aus, dass mein Mann die Situation im Griff hat. Nach einer halben Stunde beende ich das Telefonat und schaue nach dem Rechten. Das Scheppern war meine 250 Euro Kristallobstschale von meiner verstorbenen Tante, egal die passte nie so richtig in unseren Wohnstil.
Beim Betreten der Küche trifft mich der Schlag. Die Küche steht komplett unter Wasser. Mein Mann wollte mir eine Freude machen und den Abwasch übernehmen zu diesem Zwecke ließ er Wasser ins Spülbecken ein. Er wurde jedoch durch eine wichtige Internetrecherche abgelenkt und vergaß dabei das Wasser abzustellen.
Ich nutze also die Situation und wische die Küche durch muss auch mal gemacht werden.

Zum Glück wohnen wir im Erdgeschoss sonst hätten uns sicher unsere Nachbarn auf den faux pas aufmerksam gemacht.

Ich beschließe zukünftige Telefonate auf eine Zeit zu verschieben in welcher die Kinder in der Schule sind und mein Mann nicht daheim ist.

28.12.2009 mein dreizehnter Urlaubstag

Wie geplant besuche ich nach einer endlosen Zeit meine Dienststelle.

Der Weg dorthin erweist sich als Tortur, heftiger Schneesturm macht mir die Anreise nicht gerade leicht. Erneut muss ich feststellen, dass der Winter nicht meine Jahreszeit ist.

Gegen 09:30 Uhr erreiche ich die heiligen Hallen meines Abschnittes. Es verschlägt mich zunächst zum Sekretariat, wo ich fröhlich einen wunderschönen Montagmorgen wünsche. Die Sekretärin mustert meine sonnengebräunte Haut und stellt ernüchtert fest, dass ich noch Urlaub habe. Ich bedanke mich bei ihr, dass sie mich darauf aufmerksam macht und verlasse das Amtszimmer Richtung meines Büros.

Helmut ist der Einzige Kollege der bisher im Dienst ist. Jochen hat angekündigt erst gegen elf zu erscheinen und so beschließe ich zunächst mit Helmut einen Cafe zu trinken. Wir führen eine psychologische Diskussion über verschiedene Sichtweisen der Geschlechter.

So ist beispielsweise Helmut der Auffassung, dass ein Date mit einer betrunkenen Frau durchaus in einer gemeinsamen Liebesnacht enden könnte auch wenn die Frau zuvor nüchtern geäußert habe sie vertraue darauf dass der Mann auf sie aufpassen würde. Den Begriff Aufpassen definieren wir in allen erdenklichen Einzelheiten. Die Frau meint damit bring mich bitte sicher nach Hause wenn ich etwas über den Durst trinke. Der Mann versteht diesen Begriff: Schatz, ich werde Dich heute Nacht nicht allein lassen. In einem Punkt sind wir uns Einig der Morgen nach einer betrunkenen Liebesnacht dürfte peinlich für beide Beteiligter enden.
Diese Diskussion hat mir erneut gezeigt, dass Männer und Frauen nicht zusammenpassen können.
Ich gehe ins Dienstgruppenzimmer und trage mir die Dienste für Februar ein. Wie im Vorfeld geplant rufe ich meinen Mann an, und teile ihm meine Vorausplanung auf Spanisch mit. In diesem Moment betritt Jochen das Zimmer, bleibt wie angewurzelt stehen. Ich beende das Telefonat mit meinem Mann mit den Worten Hasta luego.
Jochen schaut mich mit großen Augen an, und bemerkt, dass er nicht wusste, dass ich spanisch spreche. Ich erwidere cool, dass ich nur ein paar Worte kann. Soll ich ihm sagen, dass mein Mann am anderen Ende vermutlich kein Wort verstanden hat und mein spanisch grammatikalisch unterirdisch ist? Nein ein wenig hochstapeln ist auch mal ganz nett.

Ich gehe nach dem Dienststellenbesuch zu Mama und leih mir eine Ihrer tollen Eiweißbüchsen aus. Ich werde fortan das leckere Gesöff täglich konsumieren und die überflüssigen Pfunde müssten dann schmelzen.

29.12.2009 mein vierzehnter Urlaubstag

Heute geh ich ins Nagelstudio. Gestern habe ich es dann doch nicht geschafft. Kann es eigentlich sein, dass man an einem Urlaubstag deutlich weniger schafft als an einem Arbeitstag? Das liegt vermutlich daran, dass man den Tag dermaßen entspannt angeht. Alleine das Aufwachritual was sonst in 30 Minuten erledigt sein muss, Dauert an einem Urlaubstag schon mal 2-3 Stunden.
Ich möchte also meinen ersten Arbeitstag Übermorgen nicht nur braungebrannt beginnen sondern auch mit perfekt manikürten Händen.
Ich bin nicht eitel auch wenn es manchmal den Anschein hat. Ich trage tagtäglich diese unvorteilhafte Uniform und finde, dass ich wenigstens auf dem Weg zum und vom Dienst Designerkleidung tragen sollte und sonstige Äußerlichkeiten wie Make Up und Nägel sowie Haare auch während des Dienstes tadellos sein müssen.

Vincent sagte letztens zu mir, dass mein Oberteil toll aussieht. Ich reagiere etwas verwirrt auf dieses Kompliment und bemerke, dass wir alle das gleiche Oberteil tragen und die Farbe blassgelb nicht unbedingt die Farbe sei die meine Schönheit unterstreicht. Er meint natürlich nicht die Uniformbluse sondern mein Privatshirt.

Nach knapp vier Stunden Nagelstudio bin ich nicht nur tadellos maniküart sondern extrem genervt. Solange hat es noch nie gedauert. Mittlerweile ist mein Mann im Studio erschienen, weil er die Befürchtung hegte, dass es mich zur Dienststelle gezogen hat, die nur 50 m entfernt liegt.

Ich muss zugeben bei jedem Funkwagen der vorbeifuhr ein Auge riskiert zu haben wer denn da mit wem fährt und vor allem zu welchem Einsatz.

Mein Mann lässt sich, wo er schon mal hier ist, ebenfalls seine Hände manükieren. Ich finde es schön wenn auch Männer gepflegte Hände haben. Mein Exemplar achtet da zum Glück drauf. Sein Spruch mir gegenüber wie eitel ich doch sei, dass ich mir kleine Brillis auf die Nägel kleben lasse ignoriere ich.

Angesichts der Tatsache, dass er in genau diesem Moment seine Hände einer Aloe Vera Behandlung unterzieht um die Haut geschmeidiger werden zu lassen.

Als wir das Studio verlassen fühle ich eine steigende Erkältung aufkommen, na Prima und mir steht die Doppelnacht bevor. Ein guter Polizeibeamter kuriert Krankheiten im Urlaub aus, zu genau dieser Kategorie zähle auch ich.
Um 16 Uhr ruft Motte mich an, um mit mir das gemeinsame Sylvester-Event zu planen. Was werden wir tolles machen? Wer kümmert sich um das Essen? Was ziehen wir an? Wer organisiert die Musik? Und natürlich die Location?
Die Entscheidung ist schnell gefallen. Treffen 17:15 Uhr auf der Dienststelle. Fahren zum Event in die Hauptzentrale unserer Direktion.
Musik: Er bringt ein batteriebetriebenes Radio mit. Ach ja Essen? Fastfoodkette wenn wir Zeit haben. Kleidung? Einheitlich natürlich Grün/Beige. Ich freu mich.

30.12.2009 mein letzter Urlaubstag

Ich werde mit Kopfschmerzen und starkem Schnupfen wach. Ich habe das Gefühl dem Tod näher als dem Leben zu sein. Stimmt es, dass man beim Sterbeprozess sein Leben an sich vorbeiziehen sieht?
Ich konzentriere mich darauf, diese Diashow wahrzunehmen, als plötzlich mein Handy klingelt. Nicht mal beim Sterben hat man Ruhe wieso sind die Menschen so respektlos?

Ich hauche in mein Mobiltelefon ein kaum vernehmbares „Ja?"
Motte am anderen Ende fragt ob er mich geweckt hat. Ich überlege ob ich ihm sage, dass er mich gerade noch kurz vorm Sterben erwischt hat. Jedoch könnte dies als Übertreibung gewertet werden und das will ja nun auch nicht.
Er teilt mir mit, dass wir uns morgen schon um 17:00 Uhr treffen und mit einem Funkwagen zum Hauptquartier fahren. Er würde sich schon freuen wird sicher lustig und ich soll gesund werden.
Gegen 11 Uhr telefoniere ich mit meinem Chef der bis 13 Uhr von mir wissen will ob ich morgen Abend einsatzbereit bin. Ich versichere ihm, dass ich morgen kommen werde, sollte mein Tod nachts eintreten möchte ich mich im Vorfeld dafür entschuldigen, dass ich das bis 13 Uhr noch nicht wissen konnte.
Ich begebe mich gegen 15 Uhr zum Sportstudio um mich dort in der Wellnesslounge auszukurieren.
Ich liege entspannt im Ruheraum als ich eine SMS von meiner Mama erhalte.
Sie hat heute eine Postkarte auf Spanisch von mir bekommen, sie wusste ja gar nicht, dass ich spanisch schreiben kann.
Sie in meine Auswanderpläne einzuweihen unterlasse ich mal besser einen Tag vor Sylvester und so formuliere ich nur eine kurze Antwort. Von wegen: ich kann nur ein bisschen Spanisch, muss morgen arbeiten, kommt gut ins neue Jahr.

Von meinen Erfolgen bei der Eiweißdiät erzähl ich ihr dann mal persönlich. Was soll ich auch sagen? Die Wahrheit das Zeug schmeckt grässlich ich bekomme davon Würgereize und muss mich übergeben.
Gut, so gesehen ist die Diät erfolgreich, denn immerhin habe ich schon 1-2 Kg abgenommen.
Nach meinem Wellness Programm begebe ich mich in die Drogerie und lege diverse Erkältungspräparate in den Einkaufskorb. Noch während des Einkaufes bemerke ich, dass ich gar kein Geld dabei habe, wie peinlich ich muss an den Abend mit Nic an der Currywurstbude denken. So was passiert mir nicht noch mal.
Zwei Möglichkeiten entweder mein Mann kommt und zahlt oder ich sortiere alle Artikel zurück in die Auslage. Ich entscheide mich für die erste Möglichkeit rufe meinen Mann an fange bitterlich an zu weinen und erkläre, dass man mich des Ladendiebstahls bezichtigt er muss unbedingt jetzt sofort kommen, sonst kommen meine Kollegen nehmen mich vorläufig fest und bringen mich in die Gefangenensammelstelle. Ob er mir dieses Schicksal wirklich zumuten will? Ich wusste nicht, dass mein Schatz so schnell Auto fahren kann jedenfalls ist er in 2 Minuten da, er muss mit mindestens 100 km/h durch die Stadt gerast sein. Völlig gehetzt betritt er den Laden und sucht mich. Ich stehe vor dem Shampooregal und wäge gerade ab welche von zwei möglichen Haarkuren die Beste für mich wäre.

Er fragt mich etwas verstimmt wieso ich so einen Mist erzähle? „Schatz, ich will doch nicht ewig warten müssen und es hätte durchaus so weit kommen können!" lautet meine ernüchternde Antwort.
Gegen Abend schreibt mir Rudi, dass er Billard spielen ist. Diese SMS hätte er wohl besser meinem Mann geschrieben, der hätte sich sicher mit eingeklinkt. Ich bin in dieser Beziehung nahezu talentlos.
Ich mache es mir erst einmal im Bad gemütlich und denke an den morgigen Dienst.

31.12.2009 mein erster Arbeitstag Nachtdienst 17:00 – 06:15 Uhr

Ich bin wieder einigermaßen gesund. Endlich darf ich wieder arbeiten gehen. Einerseits freu ich mich auf einige Kollegen andererseits hält sich meine Lust auf durchgeknallte Betrunkene sylvesterfeiernde Menschen in Grenzen. Mal ganz ehrlich ist doch nur wieder ein Grund sich maßlos voll laufen zu lassen. Die Ursprünglichkeit die das Sylvesterfest hat ist doch gar nicht mehr in den Köpfen der Menschen. Man begrüßt das neue Jahr und vertreibt böse Geister. Was ist daraus geworden? Sinnloses verknallen teilweise mittels illegaler Pyrotechnik und Waffen, sowie Komasaufen. Umgangssprachlich Flatrate-saufen genannt.

Sprich einmal zahlen und trinken bis zum Verlust sämtlicher Sinne. Wer darf sich dann um die Schnapsleichen kümmern? Ich! Nein wirkliche Lust habe ich nicht.

Die Kollegen mit denen ich fahre sind jedoch nett. Motte aus meiner Dienstgruppe und dann noch einige unserer Einsatztrainer die seit Jahren nicht mehr auf der Straße waren sondern uns nur theoretisch lehren wie wir uns zu verhalten haben. Ich denke mal das wird eine interessante Nacht. Ein Blick aus dem Fenster zeigt mir eine schöne Schneelandschaft. Ich bin hier theoretisch eingeschneit. Ich hatte schon mal den Gedanken erwägt mit Langlaufskiern zur Arbeit zu fahren. Das wäre heute die ideale Gelegenheit.

Auf dem Abschnitt stelle fest, dass mir der Einsatzanzug besser steht als die normale Uniform. Aufgrund dicser Tatsache wäre eine Versetzung in eine geschlossene Einheit durchaus eine Überlegung wert.

Ich kann jedoch unmöglich meine Dienstgruppe ihrem Schicksal überlassen und mich versetzen lassen und so verwerfe ich diesen Gedanken wieder ganz schnell.

Im Hauptquartier angekommen erfahren wir wo unsere Autos stehen, es hat jedoch keiner der vorhandenen Schicht eine Ahnung wo sich die dazugehörigen Papiere und Fahrzeugschlüssel befinden. Ich liebe es mit Profis zusammenzuarbeiten.

Kurz bevor wir als Gruppenstreife beschließen den Bereich mittels Fußstreife zu unterstützen finden sich die notwendigen Fahrzeugschlüssel nebst Papiere dann doch noch an. Ein weiteres Problem ist nun die Fahrzeuge vom Schnee zu befreien, ganz ohne Eiskratzer und Besen etc. Aber auch das bekommen wir hin. Es stellt sich heraus dass von meinem Funkwagen die Scheibenwischer defekt sind und so versuche ich den Wagen bei unserer Werkstatt abzuparken Leider sehe ich hierbei nicht wirklich viel und fahre mich zunächst im Schnee fest. Na Prima die Nacht kann kommen, mittels Sand und diverser Anweisungen wie ich zu lenken und wann ich Gas zu geben habe schaffe ich es dann doch noch unfallfrei den Funkwagen aus dem Schneeberg zu manövrieren. Was mache ich hier eigentlich mitten im Schnee? Mir ist kalt ich spüre eine Lungenentzündung die sich anbahnt. Es ist definitiv ein grässliches Wetter.

Bei der Einsatzbesprechung begrüßt uns der Chef mit den Worten, dass es nichts schöneres gibt als Sylvester arbeiten zu dürfen. Mein Reden ich hatte wie meine 16 Mitstreiter natürlich keine bessere Planung für den Jahreswechsel und einstimmig bestätigen wir, dass wir voller Vorfreude diesen Tag herbeigesehnt haben.

Wir fahren durch mehrere Abschnittsbereiche und beschließen während unserer Arbeitszeit alle 7 Abschnitte aufzusuchen und deren Sylvesterbuffet zu plündern und selbstverständlich zu bewerten. Die Vielfalt, der Geschmack das Arrangement und natürlich die Gastfreundschaft, wenn wir als Gruppe von 8-16 Mann dort einfallen.

Das Ergebnis unseres Gourmet Tests werden wir anschließend auswerten und in der Direktionszeitung mittels Artikel veröffentlichen.

Auf dem ersten Abschnitt wird bei unserem Eintreffen das magere Buffet, ohne Getränke eröffnet und wir als Gruppe nicht eingeladen. Mit der Begründung wir haben zu wenig zum Essen, laufen Kollegen der zugehörigen Schicht mit übervollen Tellern an uns vorbei, und genießen trotz Lärm unserer knurrenden Mägen, ihre Salate und Würstchen.

Nun gut zweiter Versuch wir fahren zur nächsten Dienststelle. Wir sehen vermutlich extrem verhungert aus als wir ausgemergelt mit letzter Kraft die Wache erreichen. Der zuständige Chef bittet uns förmlich zuzugreifen und zu essen. Sie haben zwei Aufenthaltsräume und alles was das Herz begehrt wie Kassler, verschiedene Würstchensorten, Pfannkuchen, Salate, Brote, diverse Häppchen ansprechende Dekoration und eine sehr gute Auswahl an diversen Getränken.

Ich genehmige mir 3 Scheiben Kassler, 3 Pfannkuchen einen Teller Salat, 2 Wiener und einmal Knacker sowie eine entspannte halbe Stange Baguette.
Meine Kollegen machen mich darauf aufmerksam, dass wir noch woanders Essen testen wollen dies ist mir jedoch erst einmal egal. Für mich steht dieses Buffet definitiv ganz vorne was soll da noch besseres kommen? Und so lasse ich mich auf die Couch sinken trinke fünf Becher Cola light und schau Fernsehen.
Kurz bevor ich einschlafe fahren wir zum nächsten Abschnitt dort bietet sich uns ein weiteres leckeres Buffet. Der dortige Abschnittsleiter hat für die Schicht ein Edelbuffet zusammenstellen lassen von einem teuren bekannten Cateringservice.
Hier bietet sich eine Vielfalt an Lachs, Kaviar und weiteren Fischsorten. Eine andere Platte ist mit italienischen Speisen wie Parmaschinken, Mailänder Salami, marinierte Hühnerbrust und so weiter versehen. Die Ernüchterung kommt jedoch. Die Schicht bietet uns Pfannkuchen und Chips an die kalten Platten sind nur für ihre Mitarbeiter. So verdrücke ich eine halbe Tüte Chips und 2 Pfannkuchen. Jetzt ist mir schlecht. Wir fahren wieder raus ich schlage vor, dass wir zu einem tollen Rodelberg fahren. Ein bisschen Sport machen damit wir uns wieder bewegen können.

Zu diesem Zwecke werden wir unsere Schutzschilder als Schlitten umfunktionieren ich bin mir sicher, dass diese aufgrund ihres Hauptbestandteiles von Plastik gut rutschen dürften. Die Gefahr jedoch uns einen Dienstunfall zuzuziehen hält uns jedoch von diesem Plan ab.

Um Null Uhr treffen wir uns auf einer zugigen Brücke mit anderen Gruppenstreifen und wünschen uns ein gesundes neues Jahr. Wir sind uns einig, dass es nichts Schöneres gibt als das Feuerwerk über dieser Stadt zu bewundern und dafür sogar noch Geld zu bekommen.

Eine Stunde später, meine Füße sind mittlerweile taub vor Schmerz und Kälte, sagt ein männlicher Kollege, dass es kalt ist und wir weiterfahren sollen. Zum Glück hat dies ein Mann gesagt und nicht eine von uns Frauen. Ich habe keine Lust heute das typische Frauenklischee zu bedienen, dass wir Frostbeulen sind, obwohl wir genetisch nichts dafür können.

Der Stress geht punkt 1 Uhr dann los und wir fahren von einem Einsatz zum nächsten. Um 05 Uhr sind wir alle erschöpft und schon wieder hungrig. Wir bestellen auf menschenleerer Fahrbahn ein imaginäres Essen bei einer bekannten Fastfoodkette und verspeisen dieses. Oh man wir leiden nun alle an Wahnvorstellungen. Es wird Zeit, dass der Feierabend naht.

Punkt 06 Uhr ist es dann soweit, wir haben Feierabend und bedanken uns bei unserem Einsatzleiter für die gelungene klasse Party.

01.01.2010 17:45 – 04:00 Uhr Funkwagen mit Gregor

Der Dienst beginnt recht ruhig, sodass wir Zeit haben Elvis Lieder im Internet zu suchen. Mein Kollege ist der Meinung diese nachsingen zu wollen und seine Freundin mit einer CD zu überraschen. Zu diesem Zwecke stimmen wir diverse Elvis Hits im Duett an.
Es ist so gesehen eine kreative Abwechslung und schafft eine gewisse Nähe. Binnen weniger Minuten ist der Schreibraum voll mit Kollegen die uns interessiert zuhören. In mir wächst eine neue Idee;
Die Teilnahme an einer Casting Show, als Sängerin berühmt werden und soviel Kohle verdienen, dass es in diesem Leben nicht mehr möglich sein wird diese auch ausgeben zu können.
Wir beschließen als Dienstgruppe demnächst eine Karaoke Bar aufzusuchen.
Gregor ist der Meinung zusammen mit Steffan und Andre eine bekannte amerikanische Boy Group perfekt imitieren zu können bzw. sogar noch viel besser zu singen als Diese.

Claudia und ich werden dann den Song einer bekannten Girl Group zum Besten geben, jedoch zunächst sind wir der Auffassung lieber bei den Jungs im Background zu tanzen. Wir haben beide eine Walddorfschule besucht und können unsere Namen tanzen daraus lässt sich sicher eine gute Choreographie zusammenstellen.

Nach diversen Einsätzen wir müssen dann doch mal raus, ich besorge mir ein Falaffel, das ist vegetarisch und gesünder als ein Döner.

Wir fahren gegen 00 Uhr in die Unterkunft und ich setze mich mit diversen Kollegen in den Fernsehraum. Zu Hause habe ich regelmäßig Streit um die Fernbedienung und so beschließe ich dies dienstlich zu unterlassen. Es ist mir prinzipiell auch egal was die Kollegen sehen wollen.

Die Politik Dokumentation die ich sehr interessant finde wird gegen einen blutrünstigen Horrorschocker getauscht. Ich denke darüber nach ob mir mein Essen noch schmeckt als mir die Wahnvorstellung in den Sinn kommt wie wir eigensicherungstechnisch reagieren sollen wenn der kopflose Reiter mittels diverser Schwerter auf uns zukommt. Der reagiert nicht einmal auf das Schießen. Blutige Szenen vermiesen mir letztlich das Essen, während Gregor scheinbar völlig schmerzfrei seine Pizza genießt.

Ich denke darüber nach, ob ich eine Hexe bin? Die Mittelalterszenen in diesem Film sind schon sehr faszinierend und ich beschließe meine bisher nur erahnten Fähigkeiten einfach mal auszuprobieren.

Eines weiß ich sicher, hellseherische Fähigkeiten besitze ich durchaus. Ich kann diverse Wochenenden vorhersagen an denen aus meinem Frei ein Dienst wird. Wobei ich das wohl unter Negativ Erfahrungen abbuchen muss.

Gegen Ende der Schicht, halten Claudia und ich uns auf der Wache auf und sind felsenfest davon überzeugt unsere Kollegen Didi und Florian in die Verzweiflung treiben zu müssen. Auch Rudi hat es sich auf der Wache gemütlich gemacht und studiert eine Berliner Tageszeitung von Vorgestern.

Claudia und ich basteln Papierboote um gegen Flos Langeweile anzukämpfen, mit so einem Hafen lässt sich doch gut die Zeit vertreiben. Wir haben gerade 12 Boote auf seinem Schreibtisch platziert als Bernd auf die Wache geschlichen kommt. Er hält eine Schaufel voller Schnee und ist gerade dabei diesen Rudi in den Rücken zu schütten als wir bereits lauthals die Flucht ergreifen. Nun bekommt auch Rudi den tätlichen Angriff mit und springt auf. Die Wache ist nun mit reichlich Schnee versehen und so beschließen wir eine lustige Schneeballschlacht zu machen.

Punkt viertel vor vier reicht es dem Wachleiter und er schickt mich nach Hause nun gut ich habe eh Feierabend und an der Schneeballschlacht war ich eigentlich nicht beteiligt.

02.01.2010 freier Tag

Ich habe heute frei, also eigentlich sogenannten Schlaftag. Ich bin um 04:30 Uhr ins Bett gekommen und um 10 Uhr wieder wach. An meine Schlafstörungen habe ich mich schon gewöhnt. Ich habe die Hoffnung aufgegeben nach einem Nachtdienst mehr als 5 Stunden schlafen zu können.
Ich muss an die letzte Schicht denken:
Seit dem 01.01.2010 gilt ein neues Gesetz ist ein festgenommener Beschuldigter in seiner Landessprache zu belehren. Zu diesem Zwecke habe ich auf der Wache diverse Belehrungen in den jeweiligen Sprachen ausgedruckt und befasse mich an meinem heutigen freien Tag damit diese auswendig zu lernen. Ich kann schließlich von dem Festgenommenen nicht erwarten, dass er lesen kann.
Englisch, Französisch und neuerdings auch meine fließenden Spanischkenntnisse helfen mir etwas weiter.

Mit einigen weiteren Sprachen tue ich mich noch etwas schwer. Ich sehe mich jedoch in der Zukunft durchaus in der Lage eine Belehrung in Mandarin sprich Chinesisch durchführen zu können.
Wir sind die Hauptstadtpolizei und ich denke mal, dass man das durchaus von einem guten Beamten erwarten kann.
Gegen 11:30 Uhr beende ich meine Sprachübungen und gehe mit meiner Familie in einen Indoor-Spielplatz. Der meterdicke Schnee lädt zwar zum rodeln ein, jedoch die dazugehörige Kälte ist nichts für mich. Ich hätte auch nichts dagegen wenn man Sylvester auf den 31.07. verlegen würde, da macht das draußen stehen und Feuerwerk zünden doch gleich viel mehr Spaß und dunkel ist es dann um Mitternacht auch.
Nach dem Indoor-Spielplatz gehen wir in ein American Steakhouse mein Mann möchte ein deftiges Stück Fleisch essen.
Unsere Kids und ich nehmen mit Pizzen vorlieb während mein Göttergatte seinen Fleischbedarf für die nächsten 6 Monate deckt. Er bestellt sich ein 2500 Gramm Steak welches er gratis bekommt sollte er es in einer Stunden aufgegessen haben. Dazu kommt noch eine Folienkartoffel die neben diesem gigantischen Steak wie ein Reiskorn wirkt.

Mit großem Appetit verdrückt mein Mann etwa ein viertel des Fleisches um nach 40 Minuten zu kapitulieren. Wir zahlen also 180 Euro und verlassen das Lokal.
Ich muss nun erst mal shoppen gehen um etwas abzuschalten. Mein Mann fährt mit den Kids nach Hause und ich überlege ernsthaft ob ich meinem Gatten zuviel Öko Nahrung angetan habe, dass er derzeit diesen Nachholbedarf an tierischen Fetten verspürt.
Ich gehe erst mal in meine Bank und probiere am Geldautomaten ein paar Scheinchen zu bekommen.
Hinter mir stehen noch 5 weitere Kunden und dieser blöde Automat lehnt meine Bankkarte ab, gesperrt! Mist was soll denn das nun?! Mir fällt ein, dass ich eine neue Karte zugeschickt bekommen habe und diese besagt Alte zum Jahreswechsel ihre Gültigkeit verloren hat. Jedoch wo zum Geier ist diese blöde neue Bankkarte? Ich zerre den halben Inhalt meiner Handtasche raus und drapiere Taschentücher, Bonbons, Kosmetik, diverse Schlüssel und Papiere auf dem Automaten und finde dann in der hintersten Ecke die neue Karte.

Eine Dame hinter mir beschwert sich lauthals, ob ich denn mal langsam fertig bin? Ich drehe mich wütend um und fauche die Dame an: „Nein, denn wenn ich fertig wäre dann hätte ich wohl kaum meinen gesamten Tascheninhalt geleert um diese fiese Karte zu suchen. Seien Sie glücklich, dass ich die jetzt auch endlich gefunden habe andernfalls hätte ich den Automaten verprügelt, und dann hätte es heute für niemanden mehr hier Geld gegeben!
Machen Sie mich doch nicht blöd an, ich kann schließlich nichts dafür, dass heute der 02.01.10 sein muss und ich im Kapitalismus ohne Kohle nicht existieren kann."

03.01.2010 10:45 Uhr − 23:15 Uhr Funkwagen mit Didi

Heute fahre ich mal wieder einen überlappenden Funkwagen, das heißt meine Schicht ist schon im Dienst als ich erscheine und sie geht zeitiger als ich nach Hause.
Ich betrete ausgeschlafen und voller Arbeitseifer, es gibt nichts schöneres als Sonntagsdienst, die Wache.
Ich rufe in die Runde „ein gesundes neues Jahr", denn außer Motte und ich hatten ja all die Anderen schließlich frei. Es zieht mich direkt zur Cafemaschine, beide Kannen sind leer.

Florians Qualitäten als 3.Mann der Wache, und damit auch zuständig für den leckeren Pflichtrank, lassen zu wünschen übrig.

Ich unterlasse es natürlich nicht ihm das auch direkt mitzuteilen.

Er geht etwas betroffen Wasser holen und mir tut mein schroffes Verhalten ihm gegenüber auch schon wieder leid, nur ohne Cafe bin ich halt ein halber Mensch und er weiß, wann mein Dienstbeginn ist und da kann es nicht angehen, dass er so nachlässig ist. Das bekommt Volker unser Stamm Cafe Kocher besser hin, da gibt's keine leeren Kannen.

Nach zehn Minuten bekomme ich dann doch noch das heißersehnte Gesöff.

Ausnahmsweise unterlasse ich es zu erwähnen, dass der nicht stark genug ist.

Vincent erzählt auf der Wache, dass ich bei unserem letzten Telefonat ein Tag vor Sylvester krank war und er Angst hatte, dass ich ausfallen könnte und er Umplanen muss.

Typisch für ihn, die Gesundheit der Mitarbeiter ist nur sekundär wichtig Hauptsache die Dienste sind alle besetzt.

Ich suche Rolf auf, der unsere Cafekasse verwaltet und gebe ihm 10 Euro für drei Monate Cafe- Flatrate. Er hat jedoch die Kasse nicht hier und möchte jetzt nicht extra ins Büro gehen ich könne doch dann Donnerstag zahlen.

Wie soll ich das bloß mit meinem Gewissen vereinbaren, Cafe zu trinken und dabei zu wissen, dass ich den nicht bezahlt habe?

Das grenzt ja schon an Erschleichen von Leistungen.
Ich frage meinen Streifenpartner ob er lieber fahren oder Funken mag. Er erwidert, dass er es sich auf dem Beifahrersitz gemütlich macht und funken mag er auch nicht.
Ich schlage ihm daraufhin vor, dass er unter diesen Umständen lieber auf der Rückbank Platz nehmen soll, denn dann ist er mir vorne nur im Weg.
Auf dem Weg zu unserem Funkwagen müssen wir die völlig vereisten Stufen am Hintereingang der Wache hinabsteigen.
Das ist ja lebensgefährlich und ich überlege ob es ein qualifizierter Dienstunfall wäre wenn ich einen Eilauftrag habe und zum Funkwagen renne und dabei zu Fall komme? Wie schnell kann ich dann überhaupt noch rennen, wenn man die lebensgefährlichen Eisstufen dem Noteinsatz gegenüberstellt?
Der ganze Hof ist mit Schnee bedeckt, richtige Schneeberge türmen sich an den Bordsteinen.
Der Winter ist endgültig hier angekommen, nichts für mich.
Nach unseren ersten Einsätzen kommen wir wieder auf die Wache und Flo winkt mich zu sich, will er mir etwa frischen Cafe anbieten? Er lacht und zeigt mir ein Bild auf seinem Handy, es zeigt eine Schneekugel, anhand des Kennzeichens lässt sich erahnen, dass es sich um ein Auto handelt.

Hilfe was ist denn das? Etwa verschüttet nach einer Lawine? Ich schau mir das Bild genauer an und erkenne den Hintergrund, das ist doch hier unser Hof.
Und das Auto.....? Die Buchstaben sind doch die Initialen von Vinc ach du meine Güte meine lieben Kollegen haben Vincent sein Auto komplett in Schnee verbuddelt. Das muss wohl als Chef sein Schicksal sein ich bekomm mich vor Lachen kaum ein und muss an die Schneeballschlacht denken die wir letztens auf der Wache veranstaltet haben.
Vinc entdeckt gegen Spätnachmittag sein Auto wir bestätigen alle, dass es genau an dieser Stelle vorhin wahnsinnig heftig geschneit hat.
Er findet es nicht lustig. Ich denke darüber nach wie ich es finden würde wenn mein Cabriolet mit Schnee befüllt werden würde?! Auf der anderen Seite bei dem Klima eher unwahrscheinlich mit offenem Verdeck zu fahren.
Seit einer guten Woche hängt auf der Wache eine private Jacke von einem Kollegen, der diese scheinbar nicht vermisst. Heute erscheint er und ist ganz erleichtert, dass die Jacke noch da ist.
Wir haben schon überlegt ob wir von der Jacke eine DNA Probe nehmen um den rechtmäßigen Besitzer zu ermitteln.

04.01.10 freier Tag

Meine Mama ruft mich um 08:00 Uhr an, und kommt auf die grandiose Idee ins Möbelhaus fahren zu wollen. Dafür braucht sie mich und mein Auto. Den Weihnachtsstreit hat sie bereits vergessen und so tue ich das auch. Ich bin nicht nachtragend. Außerdem kann ich mir an meinem ersten freien Tag im neuen Jahr nichts schöneres vorstellen, als mit Mama durch diverse Möbelhäuser zu schlendern und völlig nutzlose Küchenutensilien zu kaufen, und so sage ich zu. Mein Mann macht es sich derzeit mit der New York Times auf der Couch gemütlich. Ich bezweifele zwar, dass seine Englischkenntnisse ausreichen um auch nur ein fünftel der Zeitung zu verstehen, habe jedoch derzeit keine Lust näher darüber nachzudenken.
Ich benötige gut zwanzig Minuten um mein verschneites Cote Azur Vehikel aus dem Schneeberg zu buddeln und muss dabei grinsend an Vincent denken.
Um halb zehn hole ich Mama ab, die Straßen sind immer noch stark vereist und so komme ich nur mühsam aus meinem verschneiten Randbezirk in die Berliner Innenstadt zu ihr.
Sie steht frierend auf dem Gehweg vor ihrer Haustür und erwartet mich mit den Worten wieso es so lange gedauert hat es ist kalt. Ja gut es ist zehn Minuten später geworden weshalb habe ich ihr eigentlich am Telefon gesagt, dass ich klingele wenn ich da bin?

Bei der Witterung ist es nun mal nicht möglich genaue Zeiten vorauszusagen.

Wir fahren zu gefühlten 5 Möbelhäuser, einparken, ausparken, durch volle Gänge schlendern. Berlin scheint aus Schichtarbeitern und Arbeitslosen zu bestehen, ist hier was los!

Wir, also Mama, kauft drei Bratpfannen wie jedes Mal wenn wir einkaufen fahren. 5 € das Stück schön günstig. Ich habe ihr schon mehrfach vorgeschlagen, eine qualitativ höherwertige zu kaufen, denn pro Jahr 20-30 Bratpfannen à 5 Euro zu verschleißen ist so gesehen auch nicht mehr ganz so die Ersparnis.

Wir fahren noch zu einem Lebensmitteldiscounter und Mama gibt mir bei der Fahrt diverse Tipps wie ich zu fahren habe, sprich , den Blinker nicht zu vergessen, auch mal ne Abkürzung zu nehmen entgegengesetzt in die Einbahnstrasse. Die Ampel ist rot weshalb ich denn abbiegen würde, ich muss ihr dann erklären, dass ich dass bei einem Grünpfeil darf etc. Es macht schon Spaß wenn man bedenkt dass meine Mama keinen Führerschein hat.

Ich komme um halb vier nach Hause, mein Mann kocht mir einen Cafe, lieb wie er sein kann, und ich falle in einen Dornsröschenschlaf.. Es geht definitiv zuende mit mir, nach Cafe bin ich noch nie eingeschlafen. Ich bezichtige schlaftrunken meinen Mann mir Baldriantropfen in den Cafe getan zu haben, was er dementiert.

Auf die Nachfrage was denn in New York los sei, reicht er mir die New York Times, so habe ich es nicht gemeint.
Um 23 Uhr bin ich wieder einigermaßen fit und beschließe, dass wir anstatt nach Teneriffa zu fliegen einen Winterurlaub machen sollten, schön im Harz bei der Gelegenheit würde ich mir sehr gerne den Brocken ansehen, wo ich mich in der Walpurgisnacht mit den anderen Hexen treffen möchte.
Ich finde ein schönes Familienhotel und buche um 23:55 Uhr für den Zeitraum 02.02.10-07.02.10 einen schönen Winterurlaub.
Hoffentlich treffe ich die nette Nachbarin aus Grand Canaria nicht wieder, wenn doch beschließe ich Telefonterror bei ihr zu machen und sie übelst zu verhexen. So schlimm wird es auch nicht werden, denn diesmal kommen meine Männer zur Verstärkung mit

05.01.2010 freier Tag

Der Tag beginnt mit einem Besuch von meiner Mama. Sie ist der Meinung, dass wir unsere Wohnung umgestalten können. Ich ziehe kurz in Erwägung ins Sportstudio zu flüchten, nur Mama und mein Mann alleine zu lassen ist dann doch keine gute Idee.

Ich möchte schließlich wissen was mit meiner Wohnung geschieht. Nach der Umräumaktion fahre ich mit meinem Mann in einen Esoterik Shop und kaufe mir Räucherwerk, eine magische Kette, ein Ethno Shirt und ein Hexengewand welches ich in der Walpurgisnacht auf dem Brocken tragen werde. Mein Mann ist der Meinung, dass ich möglichst bald wieder arbeiten gehen soll.

06.01.2010 freier Tag

Ich werde gegen halb vier wach, und schicke Rudi eine SMS, der Glückliche darf Nachtdienst machen. Es scheint jedoch nichts los zu sein, denn er antwortet prompt.
Ich setze mich an den Computer und denke darüber nach, wie ich den Tag verbringen soll. Heute steht ein Zahnarzttermin für mich an, allerdings erst um 11 Uhr.
Im Vorfeld, könnte ich shoppen gehen, oder mit meinem Mann frühstücken, vielleicht sogar beides, wobei ich denke, dass sich seine Begeisterung, und auch mein derzeitiger Kontostand dagegen entscheiden dürfte.
Wir gehen letztlich doch frühstücken, egal so teuer ist das auch nicht.
Nett wie ich bin bringe ich meinem Mann vom Buffet ein Teelöffel mit für sein Ei.

Das Ei wird ihm von der Kellnerin etwas später gebracht und sie fragt ihn ob er denn einen Löffel hat. Diesen benutzte er um seinen Cafe umzurühren genau wie den zweiten Teelöffel der auf der Untertasse von der Kaffeetasse liegt.
Na Prima wäre mal interessant zu wissen was er gemacht hätte wenn ich ihm eine Suppenkelle hingelegt hätte.
Während des Essens klingelt das Handy meines Mannes lautstark singt Elvis Presley und alle schauen zu unserem Tisch wie peinlich. Mein Mann drückt den Anruf weg.
Kurz danach ertönt ein SMS Signal weil der Anrufer vermutlich auf die Mailbox gesprochen hat. Lauthals ertönt meine Stimme aus dem Handy: „ Schatzi Mausi Hasi Schnucki, eine SMS für Dich meine süße Schnullerbacke ich liebe Dich bitte antworte". Ich bin noch nie in meinem Leben so rot geworden schlimmer geht es jetzt definitiv nicht mehr. Diverse Gäste schauen zu uns rüber und amüsieren sich. Ich glaube dieses Lokal werden wir erst mal nicht mehr aufsuchen bis Gras darüber gewachsen ist.

07.01.2010 Drogeneinsatz mit Luka und Florian 06:00 – 15:00 Uhr

Heute steht eine Drogenstreife auf dem Plan , mal schauen ob die Schicht mit einer Fahrt zur Funkwerkstatt und zum Fleischer beginnt.

Auf Arbeit angekommen, teilt mir Nic ungefragt mit, dass er ab nächste Woche in den Urlaub fliegt. Sehr schön für ihn, wir erwarten die Tage bis zu –15°C und 40 cm Neuschnee. Sind dann eigentlich Schneeketten in Berlin Pflicht? Wäre mal eine Überarbeitung des Bußgeldkataloges angebracht, diese sibirischen Verhältnisse die letzten 2 Jahre erfordern durchaus diese Anpassung.

Ich teile im Beisein der kompletten Führung Nic mit, er solle schon mal vorfliegen ich komme dann Anfang Februar nach und die Dienstgruppe hat uns dann ab 01.04.2010 wieder da müsste das Klima hier wieder auszuhalten sein.

Das Landesbeamtengesetz sieht vor, dass wir eine Gesunderhaltungspflicht haben. So gesehen befinde ich mich auf dem Weg zum Dienst jeden Morgen in einem Gewissenskonflikt verstoße ich gegen das Landesbeamtengesetz, wenn ich bei der Eiseskälte die nur nach Lungenentzündung schreit, zum Dienst fahre?

Oder sollte ich zu Hause bleiben, dem Landesbeamtengesetz gerecht werden, jedoch der Dienstgruppe nicht mit meiner Arbeitskraft zur Verfügung stehen?

Ich frage Vincent, da er gerade auf der Wache sitzt, ob ich am 30.04. frei bekomme, am 01.05 werde ich wieder arbeiten wenn's kein Tagesdienst ist.
Gegen 10 Uhr teilt er mir mit, dass wir am 01.05 Nachtdienst haben er mir jedoch ein Frei nicht geben kann wegen der eventuellen Maieinsätze und Anforderungen. Wann ich denn fliegen möchte? Ich denke mal er ist etwas verwirrt. Wieso fliegen? Ich brauch nur die Walpurgisnacht frei wohin soll ich denn da fliegen? Vielleicht verwechselt er mich gerade mit Nic, weil wir vorhin über das Fliegen sprachen? Das formuliere ich jedoch nicht sondern erwidere im Beisein der anderen beiden Chefs, dass ich zunächst in Thale auf dem Hexentanzplatz sein werde und dann mit meinem neuen Besen mit den anderen Hexen zum Brocken fliegen werde, dass dürfte etwa Mitternacht sein, dort werde ich mich mit dem Teufel treffen und neue Zauberkräfte empfangen. So gesehen wäre es kein Problem am 30.04. noch einen Frühdienst bis 13 Uhr zu machen und ich bekomme meinen „Flug" pünktlich hin.
Vincent ist nun erst recht verwirrt und geht schweigend in sein Büro, während Tommy mir zusichert, dass ich sicherlich frei bekäme und ich solle doch bitte nicht den Vincent so auf die Schippe nehmen. Eigentlich entspricht es der Wahrheit aber das will glaube ich derzeit keiner hier hören die würden mich sonst vermutlich einweisen und dann habe ich sehr lange „frei".

Ihm Rahmen der Drogenstreife bitte ich Luka zu einer Anschrift zu fahren in unserem Bereich, weil dort ein Restaurant sein soll in welchem ich mich mit meinem Mann nachher treffen möchte.
Hierbei handelt es sich um eine mittelalterliche Speisegaststätte Namens „Domini". Die haben auch diverse altertümliche Kleidung und Schmuck dort.
Dummerweise fällt mir der Name des Lokales nicht ein und so sage ich Luka, dass es „Dominata" oder ähnlich heißt und dort gibt's so Rittersachen. Ich habe es kaum ausgesprochen und Lukas Gesicht verzieht sich zu einem breiten Grinsen ich weiß genau was in ihm vor geht und schon geht's los: „ Ach so ins Dominata willst du mit deinem Mann nachher die machen doch sicher erst spät abends auf, da wollt ihr dann schwarzer Ritter spielen. Interessant alles klar fahren wir glatt hin das muss ich sehen." Das habe ich ja wieder perfekt hinbekommen! Meine Kollegen denken nun ich sei eine verrückte Hexe, die in der Freizeit mit ihrem Mann dominante, mittelalterliche Rollenspiele betreibt.

08.01.2010 Drogeneinsatz mit Luka 10:00 – 20:00 Uhr

Um halb zehn erscheine ich auf meiner Wache. Wir fahren mal wieder in Zivil und so kann ich die Uniform getrost im Schrank lassen. Ist vielleicht besser so ich habe irgendwie immer noch 2 kg zuviel auf den Hüften und die unelastischste Hose der Welt, die mir mein Dienstherr zur Verfügung gestellt hat, spannt ein wenig. Ich sollte mal wieder laufen gehen. Ich werde gleich morgen damit anfangen. Die Strassen sind momentan vereist, Berlin ist das Streusalz ausgegangen.
Die Gehwege sind zum Schlittschuhfahren perfekt, zum joggen jedoch gänzlich ungeeignet. Trotz allem nehme ich mir fest vor morgen etwa 10 km zu rennen.
Die Schicht beginnt mit dem Aufrüsten unseres Zivilwagens. Es handelt sich hierbei um ein relativ neues Auto. Ich bin nicht penibel aber als ich den Wagen öffne trifft mich der Schlag.
Eine Saftflasche liegt im Fußraum des Beifahrers, natürlich ist diese halb geöffnet und ausgelaufen. Die gelbe Flüssigkeit klebt nun auf der Fußmatte und an der Anhaltekelle, na Prima. Die Fahrerseite sieht auch spannend aus. Hier kleben bunte Lakritzschnecken zwischen dem Gaspedal und der Bremse. Ich denke nicht, dass ich Interesse habe mal wieder einen Dienstwagen zu putzen, es sind immer die gleichen Kollegen die mit den Fahrzeugen so umgehen.

Ich habe auch kein Problem defekte Funkgeräte zu tausche, die Autos zu betanken oder durch die Waschstrasse zu schieben und natürlich räume ich gerne anderen ihren Dreck hinterher nur heute reicht es mir.

Ich werde das Gefühl nicht los die Vorschicht macht das mit Absicht, weil sie wissen, dass ich das schon richten werde. In exakt diesem Zustand werde ich heute mal das Auto der Nachtschicht übergeben.

Luka ist ebenfalls begeistert wie das Fahrzeug aussieht und zwischen uns entbrennt eine Diskussion ob diese besagten Kollegen ihr Eigentum auch so behandeln? Wohl kaum!

Wir halten im Rahmen unserer Streife diverse Fahrzeuge an es ist jedoch keiner dabei der irgendwelche Drogen konsumiert hat. Ich verlasse etwas enttäuscht die Dienststelle. Der zweite Tag ohne Treffer, es muss einfach an der Jahreszeit liegen. Bei den Witterungsverhältnissen werden nur die nötigsten Wege gefahren ansonsten bleibt man eher zu Hause.

Mein Mann holt mich ab und wir gehen seit etlichen Jahren mal wieder in die Disco.

Der Altersdurchschnitt liegt bei 16 Jahren deshalb verweilen wir auch nicht solange. In ein paar Jahren gehöre auch ich definitiv zur Omafraktion und komme mit hoher Wahrscheinlichkeit nicht mehr am Türsteher vorbei.

Mein Leben geht dem Ende entgegen ich bekomme wohl langsam eine Midlifecrisis.
Im richtigen Alter dafür bin ich ja. Was habe ich bisher geschafft? Wo stehe ich? Wo will ich hin? Nach meinem Laufen morgen gehe ich in Sportstudio und werde einen Yogakurs besuchen ich denke danach geht es mir besser.

09./10.01.2010 Nachtdienst mit Gregor 17:45-06:15 Uhr

Natürlich gehe ich nicht ins Sportstudio, bin ich träge geworden das muss definitiv ein weiteres Indiz dafür sein, dass ich alt werde.
Der Dienst beginnt mit einem genialen Hinweis von unsere Leitstelle es sind aufgrund der Witterungen die Fahrten auf ein Minimum zu beschränken. Perfekt besser kann es uns nicht treffen. Wir sind aufgrund des Schneefalles und diverser Unfälle auf den Strassen alle schon knapp zum Dienst gekommen und niemand hat was dagegen seinen Dienst heute auf der Wache zu verbringen.
Dem Bürger der wegen eines Kellereinbruches anruft werden wir sagen er möchte bitte zum Abschnitt kommen. Eventuelle Spuren sind zu sichern, kein Problem er soll einfach die Kellertür mitbringen.

Auf der Wache steht eine Tasse mit de Aufschrift „DDR – Held der Arbeit!"

Mir fallen mindestens 90% der Kollegen ein auf die dieser Spruch nicht zutrifft somit dürfte der rechtmäßige Besitzer dieser Tasse schnell zu ermitteln sein. Das setzt jedoch voraus, dass der Spruch nicht ironisch gemeint ist.

Der Schneefall ist mittlerweile so stark, dass wir bei unseren diversen Einsätzen die wir fahren zuvor immer die Scheiben unserer Funkwagen freischaufeln müssen. Sobald wir rein kommen um zu schreiben dauert es keine Zehn Minuten und die Funkwagen sind komplett zugeschneit. Unser Wachleiter kommt auf die grandiose Idee, dass immer einer von uns alle fünf Minuten die Autos frei fegen soll, damit wir im Falle eines Eilauftrages keine Zeit verlieren. Klasse Idee ich übernehme gerne die Erste Schicht.

Ich komme jedoch leider nicht dazu, weil wir schon wieder raus fahren müssen.

Wir haben ein Tor zum Hof unseres Abschnittes. Ohne Schranke, wir müssen selber das Tor auf und zuschließen. Prinzipiell kein Problem. Es hat sich jedoch in den Löchern in welches Die Torstange eingehakt wird eine dicke Schneeschicht gebildet und so bekomme ich das Tor nicht mehr verschlossen. Nachts ist es jedoch besonders wichtig, dass es verschlossen wird. Undenkbar wenn unberechtigte Personen auf unseren Hof gelangen würden und Zugriffe auf diverse Einsatzfahrzeuge bekämen.

Ich steige den Kniehohen Schnee zur Wache hinauf um Werkzeug zu suchen mit welchem ich das Loch frei hacken kann.
Ich frage Clemens ob er einen Eispickel für mich hat. Lautes Gelächter ertönt von Didi, Motte und diversen weiteren anwesenden männlichen Kollegen. Wen ich töten wolle? Ob ich Basic Instinkt gesehen habe? Wie ich diesen Haufen Männer manchmal satt habe. „Nein Leute ich will kein Pseudo- Erotik Film nachspielen ich möchte mich lediglich als Frau an einen Männerjob wagen und den Einsklumpen aus dem Tor stemmen.
Und Nein ihr braucht mir nicht zu helfen, ich kann das alleine." Und so geh ich mit einem Schraubenzieher bewaffnet ans Tor und mache mich ans Werk.
Am Fenster stehen meine Jungs und schauen belustigt zu. Ich werde immer wütender weil mir jetzt zwei Fingernägel abbrechen und das blöde Eis will sich nicht lösen. Die Kerle amüsieren sich prächtig und ich darf wieder das Nagelstudio nächste Woche aufsuchen und dort vermutlich wieder Stunden verbringen. Toll, meine Laune wird immer schlechter und ich hoffe für meine Kollegen, dass keiner von denen es wagt mir und meinem Schraubenzieher in diesem Moment zu Nahe zu kommen.

Ist es eigentlich ein Dienstunfall wenn ich mir den Schraubenzieher beim Eisstechen in den Oberschenkel ramme? Oder ist das persönliches Pech bzw. Blödheit? Wieso lasse ich das Tor nicht einfach offen? Im Hinterkopf habe ich immer noch das Landesbeamtengesetz, genaugenommen die Passage die von der Gesunderhaltungspflicht spricht. Ich gehe jetzt auf die Wache sage denen, dass das Tor nicht zu schließen ist und wir fordern den Winterdienst an. Ich bin Polizistin und kein Bauarbeiter der solche Schäden beheben muss.

Im Übrigen taucht das auch nicht in meinem Anforderungsprofil auf, dass ich solche Arbeiten verrichten muss um gut beurteilt zu werden.

Gegen 03:00 Uhr ist die Stimmung auf der Wache auf dem Höhepunkt. David ist der Meinung ein Privatkonzert für uns geben zu wollen und so stellt er sich in die Vorhalle unserer Wache, schallt schön, und spielt mit seinem Dudelsack ein paar Lieder. Wir sind alle restlos begeistert.

Zum Glück haben wir keine unmittelbaren Nachbarn, das Gebäude links neben uns ist eine Kindertagesstätte und rechts liegt ein Friedhof.

Der Einzige den wir vergessen haben ist Sven der im Sozialraum schläft und nun wie erschlagen aus diesem getorkelt kommt mit zerwühlten Haaren. Nun gut mit Dudelsackmusik, die nicht wirklich leise ist, geweckt zu werden ist echt hart.

Claudia bittet mich nach dem Konzert sie zu unterstützen. Florian hat sie mit Schnee beworfen und nun will sie die Rache. Wir gehen gemeinsam auf den Hof . Ich rufe mit meinem Handy die Wache an und bitte doch dem Flo Bescheid zu geben er möchte von seinem Funkwagen das Fahrlicht ausschalten sonst könnte es sein, dass der Wagen nachher nicht anspringt. Florian kommt unmittelbar auf den Hof und wir erwarten ihn sehnsüchtig.
Ich will nicht sagen, dass er begeistert war jedoch wir haben unseren Spaß.

11.01.2010 Funkwagen mit Andre 05:45-15:15 Uhr

Die Innendienstler erscheinen gegen 07:00 Uhr zum Dienst. Wir sind schon diverse Einsätze gefahren im Schneesturm bei Minus 11 Grad. Wann hört dieses grässliche Winter endlich auf?
Mr. Indisch-extra-scharf friert in seinem Büro, als er sich die Jacke auszieht und mir einen Cafe anbietet. Meine erste Pause heute, er kommt aus seinem freien Wochenende und stellt fest, dass Montage schrecklich sind.
Ich kann nicht sagen welche Tage ich schrecklich finde, schließlich gibt es für mich keine geregelten freien Tage die auf bestimmte Wochentage fallen.

Der Cafe ist lecker und herrlich heiß und stark, meine Hände haben eine interessante Farbe – irgendwas zwischen rot und blau. Ich spüre die Kälte kaum noch das macht mir schon Angst. Hoffentlich sind meine Gliedmaßen nicht am absterben.
Morgen der Spätdienst 10 Stunden, danach ein paar Tage frei. Ich nehme mir fest vor, dort nicht freiwillig die Wohnung zu verlassen. Lebensmittel kann man sich auch im Internet bestellen.
Das bestellte China-Essen schmeckt auch besser als wenn ich selber koche. Ich werde mich Übermorgen punkt 08:00 Uhr auf die Couch legen und dort zwei Tage durchgehend liegen bleiben. Nur für die nötigsten Gänge werde ich mein Lager verlassen. Ich werde den Schnee förmlich wegmeditieren, wie viel Kräfte werde ich dafür brauchen? Habe ich soviel Macht? Der Glaube versetzt bekanntlich Berge und genau dies werde ich Übermorgen ausprobieren.
Jetzt genieße ich den leckeren Cafe bei Mr. Indisch-extra-scharf und unterhalte mich mit ihm über das schreckliche Wetter.
Alle Welt spricht von der Klimaerwärmung, komisch ich friere. Das ist jedoch genetisch bedingt wie ich bereits erfahren musste. Er erzählt mir, dass er sich heute ein paar neue Winterschuhe zulegen möchte. Schlicht schwarz, teuer, bequem, Leder!

Das ist schnell zu realisieren, wie leicht das doch bei Männern ist.
Nun gut die Auswahl an Männerschuhen ist auch sehr überschaubar.
Wenn ich Schuhe kaufe steht der Faktor Bequemlichkeit an letzter Stelle. Schuhe für Frauen die bequem sind und gut aussehen gibt es nicht, davon habe ich mich in letzter Zeit mehrfach überzeugen können.
Wie definiert man eigentlich Bequem? Ich persönlich bin froh, wenn meine neuen Treter keine Blasen verursachen und ich keine Fuß-Deformierungen davon trage, die eine langjährige orthopädische Behandlung nach sich ziehen. Mr.-Indisch-Extra-Scharf seine Definition ist etwas anspruchsvoller er erzählt was von weichem Material, Fußbett, Gefühl vom Barfuss laufen. Ich habe noch nie Schuhe besessen bei denen ich das Gefühl hatte das ich keine tragen würde. Ich bin schon froh wenn ich es wenigstens im Winter aushalte meine Treter nach einem Discobesuch nicht zwangsläufig ausziehen zu müssen, weil ich sonst das Gefühl hätte sterben zu müssen vor Schmerzen.
Es gibt schon Discotheken in denen Frau sich für 1 € Ballerinas aus Stoff ziehen kann um für den Heimweg gewappnet zu sein.
Winterstiefel bräuchte ich allerdings auch Neue ich werde meinem Mann vorschlagen, dass wir gemeinsam Mittwoch welche kaufen gehen.

Mr. Indisch-Extra-Scharf taut seine eingefrorenen Hände an der Heizung auf und bemerkt, dass er heute definitiv nicht ins Wirtschaftsamt essen gehen werde, denn dazu müsse er in die Kälte und das tut er sich sicherlich nicht freiwillig an.
Ich freue mich für ihn, dass er die Möglichkeit der Wahl hat, mich fragt hier keiner ob ich mich dem Schneesturm aussetzen möchte oder nicht.
Rudi schickt mir eine SMS er hat um 9:00 Uhr Dienstbeginn ebenfalls Bürodienst. Ich schlage ihm vor, dass ich mit meinem Streifenpartner zu ihm komme, sein Auto frei fege, den Motor warm laufen lasse und ihm ein leckeres Frühstück auf Armaturenbrett hinterlege, warm natürlich ich dachte hierbei an Spiegeleier mit Speck. Auch der Bürodienstler hat ein recht auf einen angenehmen Start in den Tag.
Ich setze im Anschluss Andre von den Plänen in Kenntnis.
Seine Begeisterung hält sich gelinde gesagt in Grenzen. Um es auf den Punkt zu bringen er ist stinksauer und erwähnt mir gegenüber Weisheiten die ich bitte unmittelbar Rudi per SMS weiterzuleiten habe:
Selbst ist der Mann! Schnee ist weiß und kalt! Frühstück kann er sich wie wir alle selber besorgen! Er soll keine Memme sein auch ein kaltes Auto wird während der Fahrt irgendwann mal warm! Schneeschippen und vereiste Scheiben frei kratzen ist körperliche Betätigung die ihm nicht Schaden wird!

Ich teile also Rudi mit, dass aufgrund der vorangegangenen Sätze deutlich sein dürfte, dass mein Streifenpartner nicht einverstanden ist. Seine Antwort schlägt in Aggressivität gegenüber Andre um und ich schlage nun, Rudi per SMS, Andre persönlich, vor, dass wir uns nachher gemeinsam in mein Büro setzen, einen Mate Tee trinken und darüber reden werden. Ich werde also mediativ tätig um die Stimmung zu neutralisieren. Auf der Wache erzählt Bernd, dass seine Frau eine neue Dokumentations- Sendung entdeckt hat, die sie mit wachsender Begeisterung schaut. Titel: Deutschland ist schwanger! Gut man kann es von der Seite sehen, dass sie Kinder liebt und sich generell für die Thematik interessiert. Eine weitere Überlegung wäre jedoch auch, dass sie sich noch ein Kind wünscht.

Die zweite Möglichkeit präferieren meine Kollegen und lassen es nicht aus, ihn auf die „Vorteile" eines neuen Erdenbürgers aufmerksam zu machen. Windeln wechseln, Schluss mit Fußballabenden, rauchen in der Wohnung ist dann definitiv tabu, nächtelang ohne Schlaf, die schöne zeit wenn das Kleine Zähnchen bekommt, Drei-Monats-Koliken und und und...... Nicht zu vergessen die unzufriedene Frau, die ihn sicherlich auf die Nachteile seines Schichtdienstes aufmerksam machen wird. Du bist nie zu Hause wenn ich Dich brauche. Herrliche Aussichten, das sieht auch Bernd so und er nimmt sich vor ein ernstes Gespräch mit seiner Angetrauten suchen zu wollen.

Kinder sind doch was Schönes und um meinem Kollegen auch mal die positive Sichtweise näher zu bringen erwähne ich das gestiegene Kindergeld und den behördlichen Familienzuschlag der in seinem Falle, wo es das zweite Kind ist, steigen wird. Hinzu kommt eine entscheidende Ersparnis bei der Krankenversicherung, die Behörde übernimmt ab dem zweiten Kind einen Großteil der Familienkosten im Falle einer Krankheit. Das Haus wäre schneller abbezahlt.

Das hört sich zugegeben sehr wirtschaftlich an, jedoch mit Argumenten wie: Kinder sind doch so süß, unsere Zukunft, Geschwisterchen für seinen Sohn usw. kann ich ihm nicht kommen darauf würde er sich nicht einlassen.

Bernd denkt kurz nach und sagt dann zu meiner Erleichterung: „ So habe ich das noch gar nicht gesehen" Glück gehabt, Ziel erreicht seine Frau wird sich freuen. Wir Frauen müssen doch zusammenhalten und wenn ich meinen Teil dazu beitragen kann, dass ein neuer Erdenbürger das Licht der Welt erblicken wird dann tue ich das doch gerne.

Als Bernd die Dienststelle verlässt wünsche ich ihm viel Spaß bei der Familienplanung, er schaut etwas ungläubig na hoffentlich überlegt er es sich nicht noch anders. Ich glaube ich werde im Kollegium sammeln um ihm eine Babyerstausstattung schenken.

Wir fahren zu einem Einsatz. Sachbeschädigung an einer Schranke wie passend, dass es sich bei dieser um die Parkplatzzufahrt von einem Babyausstatter handelt. Mein Kollege nimmt die Anzeige auf während ich mich den wirklich wichtigen Dingen widme, nämlich nach einem geeigneten Geschenk für den werdenden Papa.
Mit Badewanne, Pampers, Rassel und Strampler bewaffnet stehe ich an der Kasse als mir bewusst wird, dass ich weder gesammelt habe im Kollegenkreis, noch dass Bernds Frau schwanger ist. Ich lege die Waren wieder zurück und gehe enttäuscht Richtung Funkwagen.
Vermutlich bin ich diejenige mit einem ausgeprägten Mutterwunsch. Soll ich mit meinem Mann darüber reden? Vermutlich trifft ihn der Schlag oder er freut sich vielleicht auch. Wie heißt doch gleich die Fernsehsendung? „Deutschland wird schwanger". Ich habe eine feste Fernsehsendung die ich gleich in meinen Kalender eintrage und in Zukunft sehen werde.
Um 13 Uhr ist die Schicht beendet. Ich erledige binnen 15 Minuten meine Büroarbeit und beschließe die restliche Zeit, kaffeetrinkend, beim Mr.-Indisch-Extra-Scharf zu verbringen.

12.01.2010 Funkwagen mit Patrick 10:00 – 20:15 Uhr

Der Tag beginnt mit Bürodienst. Ich bin bereits um 09:30 Uhr da, erstens weil ich kein zu Hause habe zweitens weil ich nur so eine reelle Chance habe einen freien Computer zu erwischen. Als Vincent mir als erstes übern Weg läuft schaffe ich es kaum ihm guten morgen zu sagen, meine Stimme ist weg. Prima vermutlich Kehlkopfentzündung wegen dem Singen gestern Abend. Ich habe mir in den Kopf gesetzt mein klägliches Gehalt mit einem Nebenjob aufzubessern. Ich werde Theater beziehungsweise Musical spielen. Das ich singen kann habe ich von mehrere Kollegen bestätigt bekommen. Damit es auch mit dem Vorstellungsgespräch gut läuft, lerne ich zunächst Goethes Faust auswendig und studiere ein paar Lieder aus bekannten Musicals ein.

Zu diesem Zwecke habe ich mich gestern von 19:00 – 02:00 Uhr ins Arbeitszimmer zurückgezogen und gesungen als gäbe es kein Morgen.

Seit heute früh ist nun meine Stimme weg, jedoch was bringt man nicht für Opfer?!

Ich werde meine Kehlkopfentzündung ausleben und im Dienst via E-Mail kommunizieren und mit dem Bürger mit Händen und Füßen sowie Zetteln mir zu helfen wissen. Egal!

Es gibt nichts was meiner Meinung nach nicht lösbar wäre. Diverse Kollegen sprechen mich gerade an ob ich ihnen bei der Büroarbeit helfen könne. Ich nicke nur, solange meine Stimme nicht gebraucht wird ist das kein Problem. Ich sehe mich gedanklich in der Semperoper, die Königin der Nacht in Mozarts Zauberflöte darstellen und ups bei den hohen Tönen ist dann plötzlich die Stimme weg. Wie peinlich.
Zum Glück gibt es immer eine Zweitbesetzung. Erstmal muss ich das Vorsingen schaffen dann kann ich mir noch Gedanken über eine Karriere in einem großen Opernhaus machen.
Wieso bin ich bloß so vielseitig? Die Dinge die ich alle machen will erfordern es normalerweise, dass ich mehrere Parallel Leben führen müsste.
Ob das mit meiner Schizophrenie zusammenhängt?
Der Dienst verläuft ruhig. Es nervt nur der meterhohe Schnee, beim Aussteigen aus dem Funkwagen stehen wir knietief in der weißbraunen Schneedecke. Der Dienstherr könnte uns ruhig mit Skihosen ausstatten. Die gibt es sicher auch in diesem schönen Braunton.

Heute ist mein letzter Dienst. Habe am 15.01. noch einen Gerichtstermin ansonsten muss ich nächsten Dienstag erst wieder arbeiten. Ich frage freudestrahlend auf der Wache, ob ich bereits erwähnt habe, dass mir sieben Tage frei bevorstehend. Motte bietet mir daraufhin Schläge an, nun gut an meinem Frei erfreut sich das Kollegium nicht, ich kann es auch verstehen denn schließlich steht meiner Schicht ein kompletter Wochenenddienst von 2 x 12 ½ Stunden bevor.

13.01.2010 freier Tag

Ich habe heute einen freien Tag und kann mich den wirklich wichtigen Dingen widmen. Ich denke nach dem Aufstehen über meine zukünftige Karriere nach. Ich möchte Theater spielen, falls es mit der Musical Karriere nicht klappen sollte. Ein Freund meines Mannes hat eine Schwägerin die Regie an einem Theater führt. Perfekt!
Viel läuft in dieser Branche über Vitamin B ich beschließe sie anzurufen. Zuvor erklärt der Freund mir, dass sie politisch sehr links eingestellt ist. Ich bin eher unpolitisch jedoch was tut man nicht alles für seine Zukunft und so werde ich beim Vorstellungsgespräch ein Che Guevara T-Shirt tragen, das müsste bei ihr einen positiven Eindruck hinterlassen.

Die Tatsache, dass sie Stücke inszeniert die, die alten 68 er Themen in die Neuzeit projizieren stört mich nicht.

Gleichzeitig schreibe ich via Internet diverse Künstleragenturen an und nehme mir fest vor Sit up Comedy zu machen es gibt diverse Bühnen die talentierte Newcomer wie mich mit offenen Armen empfangen irgendetwas wird schon klappen.

Um 9 Uhr kommt meine Mama vorbei, wir wollen gemeinsam die Wohnung aufräumen. Mein Mann zieht es vor, mich mit ihr alleine zu lassen. Er trifft sich mit seinem Kumpel zum Frühschoppen . Mittwoch Morgen in einer Eckkneipe in Südberlin was für eine tolle Idee.

Nun gut dieser besagte Kumpel ist derjenige der mir bei meiner Schauspielkarriere helfen soll und die Kontakte knüpft so verkauft es mir mein Mann zumindest. Ich kann mir schon vorstellen wie es läuft. Fünf Minuten werde ich thematisiert und anschließend etliche Stunden Bier konsumiert und über Frauen philosophiert. Auch egal , letztlich steht er hier nur im Weg.

Mama und ich räumen diverse Schränke um und Kisten aus. Eine leere Kiste stelle ich direkt auf dem Bürostuhl meines Schatzes so kann er gleich nachher sein Arbeitszimmer leeren. Es kann echt nicht sein, was sich dort an halbfertigen Computern stapelt.

In meinem Kleiderschrank steht ein Koffer von meinem Schatz den ich versuche anzuheben um ihn auf den Boden zu hieven, was mir jedoch nicht gelingt. Ich öffne den Trolley und mich trifft der Schlag auch in diesem ein halber Computertower. Was soll das bloß? Kurz denke ich darüber nach den einfach wegzuwerfen denn genaugenommen steht der Koffer seit knapp einem Jahr im Schrank und ich bezweifele ernsthaft, dann mein Mann sich noch an den Inhalt erinnert. Mama überzeugt mich jedoch davon den Computer drin zu lassen und den Trolley samt Inhalt auf den Boden zu stellen. Beim Anheben habe ich kurz das Gefühl mir einen Hüftbruch zuzuziehen, klasse ich verhebe mich hier wegen Uralttechnik die eh nur noch als Altmetall fungieren wird. Mein Mann hat sich schließlich Weihnachten erst einen neuen Computer gekauft.

Nach knapp drei Stunden mittlerweile ist es 13 Uhr habe ich Hunger, mir ist heiß und eine Pause schadet nicht. So nehme ich meine Gitarre und beschließe Mama eine kleine Privatvorstellung meines künstlerischen Können zu präsentieren. Ich stelle mich ins Wohnzimmer und spiele und singe um Mama eine Freude zu machen. Sie greift nach dem Staubsauger und beginnt das Wohnzimmer zu saugen. Nun gut ich gebe eine Privatvorstellung in einem Jahr dürften meine Bühnenshows auf Monate ausverkauft sein und Mama der Kunstbanause weiß es nicht zu schätzen.

Ich stelle die Gitarre zur Seite und räume laut singend den Staubsauger übertönend die Spülmaschine aus. Genauso habe ich mir meinen ersten freien Tag vorgestellt.
Winterschuhe habe ich auch nicht kaufen können.

14.01.2010 freier Tag

Mit Rückenschmerzen die nicht von diesem Stern sind werde ich wach. Danke lieber Schatz, dein fieser Computerkoffer ist schuld.
Ich schleppe mich ins Bad lege eine CD ein und beginne laut mitzusingen. Es ist 5 Uhr morgens ich bin halt immer noch aufgrund meiner Schlafstörungen früh wach. Mein Mann kam irgendwann nachts nach Hause es war ja so lustig gestern Abend. Freut mich , dass er Spaß hatte ich hatte auch einen erholsamen Tag gestern.
Kurz nach 5 Uhr kommt er ins Bad und beschwert sich, dass ich ihn geweckt habe.
Nun gut als er um 01:30 Uhr nach hause kam und den Schlüssel mehrfach fallen ließ und schließlich klingelte hat er mich auch geweckt. Angeblich, sei das Türschloss defekt und er könne nicht laufen weil er Kreislauf hat. Ich erklärte ihm, dass ich Rücken habe wegen seinem Computer. Jedoch aufgrund seines Alkoholpegels wusste er nicht wirklich was ich von ihm wollte und so zog ich es vor ihn ins Bett zu verfrachten und nächtigte noch 3,5 Stunden auf der Wohnzimmercouch.

Nun steht er schlaftrunken im Badezimmer und ehe er die Chance hat sich aufzuregen frage ich ihn zuckersüß ob er so lieb sei Cafe für uns kocht wir wollen den heutigen Tag gemeinsam verbringen und ich habe ein tolles Programm zusammengestellt was ihm sicher Freude macht.

Wir verbringen den kompletten Vormittag in diversen Geschäften und gehen meiner Lieblingsbeschäftigung nach, diesmal ohne Elektrodiscounter ich bin so stolz auf meinen Mann. Ich unterlasse es jedoch ihn zu überzeugen mit mir Winterschuhe zu kaufen.

Um 16 Uhr begebe ich mich in mein Sportstudio. Nach dem Training lege ich mich in die Sauna und höre zwei Muttis miteinander über die Problematik Kinder im Bett der Eltern schlafen sprechen. Mutti 1: „ Wir hatten das Problem auch, aber man muss den Kindern sagen, dass es langsam Zeit ist im eigenen Bett zu schlafen." Mutti 2: Ja ich weiß, wir haben es mehrfach probiert er will aber nicht, er kann nur bei uns schlafen" Mutti 1: Versuch dich durchzusetzen wie machen abends immer ein Sauberkeitsritual mit waschen, zähne putzen und dann ins eigene Bett, das funktioniert sehr gut." Mutti 2: „ Habe ich auch schon probiert, er ist jedoch nachts aufgestanden und wieder zu uns ins Schlafzimmer gekommen."

Mutti 1: „ Wir haben anfänglich unser Kind bei uns einschlafen lassen und dann in sein Bett getragen."

Mutti 2: „ Ja das haben wir auch gemacht, ich kann ihn aber jetzt einfach nicht mehr tragen er ist zu schwer. Mittlerweile wiegt er 47 Kg."
Du meine Güte ein Riesenbaby wie alt ist der denn? 14 Jahre? Ich muss mir das Lachen verkneifen und verlasse die Sauna. Die Vorstellung, dass mein Sohn im Pubertätsalter noch im Ehebett schläft ist zu absurd. Wie ist denn das wenn er seine erste Freundin mitbringt? Dann wird's richtig eng nachts.

15.01.2010 Gerichtstermin

Heute darf ich wieder zum Gericht. Zum Glück nur ins Nebengebäude, sodass ich der Gefahr mich zu verlaufen nicht ausgesetzt werde.
Durchgefroren und genervt erreiche ich das Gebäude, wenigstens ist es hier warm.
Ich fleze mich in einen dieser unbequemen Plastikstühle und warte. Ich bin natürlich wieder viel zu früh dran. Die perfekte Beamtin immer eine halbe Stunde zu früh. Mich übermannt die Müdigkeit und so schließe ich kurz die Augen. Hier wird man über Lautsprecher aufgerufen, das bekomme ich dann schon mit.
Ich vernehme im Halbschlaf diverse Stimmen die lauthals diskutieren und befinde mich plötzlich als Reporterin in einer Pressekonferenz. Hertha BSC ist abgestiegen und das Management stellt sich unseren Fragen.

Ich versuche die vorformulierten Fragen auf meinem Notizbuch zu entziffern und rufe laut dem Management zu: „Wie erklären Sie sich ihr versagen?" Gibt es bei Ihnen Personalveränderungen?"
Ein etwas aus der Fassung geratener Manager faucht mir entgegen, dass sie sich nichts vorzuwerfen haben und es keine Personalveränderungen in der Führungsetage geben wird.
Ich formuliere schnell eine weitere Frage bevor die anderen etwa 100 Journalisten zu Wort kommen können:" Das ist wieder typisch, wie können Sie damit Leben, dass die Mannschaft trotz Kritik an ihrer Führung abgestiegen ist? Letztlich leiden die Spieler, und die Fans, weil Sie nicht die Courage besitzen die Konsequenzen für Ihr Handeln zu tragen."
Ich begutachte meinen Journalistenausweis der um meinen Hals hängt und erkenne, dass ich für eine große Boulevard Sportzeitschrift arbeite.
Der Manager entgegnet, dass ich keine Ahnung von internen Entscheidungen habe und dass es in der Öffentlichkeit durch Presse, wie ich sie schreibe, alles verfälscht dargestellt wird. Ich möchte auf diese unverschämte Anschuldigung reagieren, als mich jemand an der Schulter schüttelt.

Schlaftrunken schau ich den Justizwachtmeister an, der mir sagt, dass ich mehrfach aufgerufen wurde und nun meine Aussage machen soll. Ich frage ihn ob Hertha abgestiegen ist. Er schaut entgeistert und klärt mich auf, dass die Saison bis zum Sommer geht und jetzt erst die Rückrunde startet. Ja richtig ist ja Winter bin ich am Ende. Ich betrete den Verhandlungssaal und schaffe es zum Glück den Prozess zu gewinnen.
Ich genieße ein paar freie Tage ohne spannender Vorkommnisse.

19.01.2010 Gericht danach Drogenstreife mit Luka und Florian

Ich komme um halb acht zum Dienst und spüre, dass ich Fieber habe. Eigentlich muss ich jetzt in meine Uniform schlüpfen und mit meinen Mitstreitern einen Gerichtstermin bewältigen und anschließend Drogis aus dem Straßenverkehr ziehen. Ich entscheide mich um acht zu Vinc zu gehen und nach dem Gericht krank abzutreten. In seiner unermesslichen Güte veranlasst er, dass meine beiden Mitstreiter mich danach nach hause zu fahren haben. Das hätten sie sowieso gemacht aber so kommt der Vorschlag vom Chef und das ist auch gut so.

Der Termin erweist sich als nervenaufreibend der Angeklagte der des Fahrens ohne Fahrerlaubnis bezichtigt wird fängt ein Streit mit mir an, ich bin aufgrund meines Fieberwahns in der richtigen Stimmung und fetze mich mit ihm als ob es um meine persönlichen Interessen geht.
Ich muss lernen diesen Job nicht zu ernst zu nehmen und vor allem hier schnell raus zu kommen damit ich ins warme Bett komme.
Nach einer halben Stunde ist der Spuck vorbei der Angeklagte bekommt seine Strafe und wir werden mit Dank entlassen.
Um 10 Uhr bin ich zu Hause und messe Fieber 38,5 ° C damit bin ich arbeiten gegangen verrückt.

20.01.2010 Spätdienst mit Leon danach Cocktailbar

Etwas geknickt rufe ich um 10 Uhr Rufus an und melde mich krank. Er wünscht mir gute Besserung. Schade, dass es mich so umgehauen hat, heute wären wir mit der Mannschaft nach der Schicht noch Cocktail trinken gegangen, dass ist immer ganz witzig und ich fehle bei diesem Event nun leider.

21.01.2010 freier Tag

Es geht mir besser und ich bin fieberfrei. Mein Enthusiasmus ist wieder da, ich beschließe zunächst dem regierenden Bürgermeister eine E-Mail zu schreiben. Wir haben Modewoche in Berlin und ich will VIP Karten für eine Modenschau am Wochenende haben. Ich würde die begehrten Karten auch bei Ihm im roten Rathaus abholen wenn's mit dem Kurier nicht schnell genug geht mit der Zustellung.
Frech siegt vielleicht klappt es ja. Anschließend sage ich auf Arbeit bescheid, dass ich ab Montag wieder einsatzbereit bin. Berlin hat seit 15 Tagen keinen Sonnenstrahl mehr gesehen da kann man nur krank werden.
Ich werd mich heute noch mal schön ausruhen und das Bett nur verlassen wenn es wirklich sein muss.
Gegen 15 Uhr Nachmittag platzt mir fast die Hutschnur als ich in mein Postfach schau. Erstens hält es unser werter Herr Bürgermeister nicht für nötig mir persönlich zu antworten sondern schickt einen seiner Hiwis vor und die erteilt mir eine Absage und gibt mir einen Ratschlag mit auf den Weg welcher schon fast so gut ist, dass ich beschließen müsste persönlich zum roten Rathaus zu fahren und dem Herrn Bürgermeister meine Meinung zu geigen. Ich solle beim Messeveranstalter persönlich anfragen sie können mir keine Karten besorgen, ne war klar.

Als ob ich nicht selbst schon so schlau war, da stand eben nur für Fachbesucher. Ich zieh mir ein hübsches Outfit an und formuliere gedanklich was ich dem Herrn Bürgermeister gleich sagen werde. Von wegen Messe für Berliner wo diese jedoch keinen Zugang erhalten, ich will nicht in die VIP- Lounge oder erste Reihe neben Brad Pitt sitze bei der Joop Schau. Ich will doch nur die Messestände anschauen und diverse Luxuslabels für meinen leeren Kleiderstand erstehen und das wird mir hier verwehrt, bin ich wütend.

22.01.2010 freier Tag

Ich bin gestern doch nicht zum Bürgermeister gefahren durch diverse Modeevents ist der sowieso nicht in seinem Büro und hatte auch keine Lust an seiner Privatadresse auf ihn zu warten bis er gedenkt nach diversen Aftershowpartys nach Hause zu kommen. Etwas gefrustet habe ich mich damit abgefunden, dass das Modespektakel ohne dem zukünftigen Berliner Superstar stattfand.
Meine Kids haben ein paar Freunde eingeladen und so war auch zu Hause gut Stimmung mit sieben Kindern.

23.01.2010 freier Tag

Ich gehe heute mit meinem Mann ins Theater meinen zukünftigen Arbeitsplatz anschauen. Ich werde in Zukunft selber auf den Brettern stehen die, die Welt bedeuten und mit Berliner Theatergrößen spielen. Fakt ist sollte eine Anfrage vom Berliner Bürgermeister kommen ob er Karten bekommt werde ich ihm die Telefonnummer von der Theaterkasse schreiben mit Saalplan und Preiskategorie im Anhang.

24.01.2010 freier Tag

Morgen darf ich wieder arbeiten. Heute beschließe ich endlich meine zukünftige Chefin anzurufen. Die Dame vom Theater.
Ich verkneife mir sämtliche 68er Themen und beschließe neutral an dieses Gespräch zu gehen. Sie ist sehr nett und ich erkläre ihr weshalb ich mich für ein Naturtalent halte. Mit fester Überzeugung erkläre ich ihr, dass ich schon immer Theater spielen wollte und mir wünschen würde, dass sie mir eine Rolle auf den Leib schreibt.
Es kommt etwas was ich bisher verdrängt habe. Sie fragt, ob ich Vorsprechrollen in meinem Repertoire habe. Ja natürlich 4 Stück erwähne ich die sind jedoch noch in arbeit und wirklich textsicher bin ich noch nicht.

Meinem Mann, der das Telefonat mitbekommt, stehen die Fragezeichen förmlich ins Gesicht geschrieben.

Wir verbleiben so, dass ich mich die Tage bei ihr melden werde um ihr meine tollen Rollen perfekt vorzuspielen.

Nach Beendigung des Gespräches prustet es auch schon aus meinem Mann heraus:"Was für Vorsprechrollen hast Du bitte theoretisch voll drauf?"

Ich winke nur genervt ab, und lege mich schlafen.

25./26.01.2010 Nachtdienst mit Leon 17:45 – 06:15 Uhr

Gegen 08 Uhr stehe ich auf und fahre mit meinem Mann frühstücken. Im Anschluss besuche ich eine Bücherhandlung um mir Vorsprechtexte zu kaufen. Ich erstehe das Buch 20 lustige Monologe und beginne zu Hause mit dem Lernen.

Um 16 Uhr fällt mir ein, dass ich in die Nachtschicht muss und ganz vergessen habe mich zuvor schlafen zu legen. So ein Mist wie soll ich den 12 Stunden Dienst nun durchstehen? Egal ich schaffe das schon.

Wenn ich in naher Zukunft ganze Drehbücher lerne um mit meinem Können meinem ersten Oskar entgegensehe kann ich mir auch keine Gedanken machen über solch unwichtigen Dinge wie, mal eine Stunde Mittagschlaf machen. Schlafen kann ich noch früh genug derzeit gibt es wichtigere Dinge.
Ich lege das Theaterbuch mit in meine Tasche und beschließe im Nachtdienst jede Sekunde zum Textlernen zu nutzen. Was werden die Kollegen denken, wenn ich, laut sprechend, die Gänge rauf und runter laufe? Die hat einen Schichtkoller! Das muss mich dann kalt lassen.
Die erste Reihe im Theater ist jedenfalls für meine Dienstgruppe reserviert, wenn ich mit bekannten Schauspielern auf der Bühne stehe.
Heute sind -16 Grad also recht kühl und ich bemerke den Gewichtsverlust von gut 2 kg auf der Waage. Eigentlich ganz klar so wie ich zittere sobald ich in die Kälte muss. Ich brauch kein Fettweg-Gürtel mit Elektroden so wie ich Dauerzittere stehe ich ständig unter Strom und meine Muskeln in Kontraktion. Praktisch zum Abnehmen, ansonsten ist es, wie in der Vergangenheit öfters bemerkt definitiv nicht mein Klima. Auf Arbeit erwähne ich den Kollegen gegenüber, dass wir einen Kältezuschlag erhalten müssten. Bei dem Eiswetter aus dem Funkwagen aussteigen zu müssen ist die Härte.

Jedoch wenn unser Bürgermeister nicht einmal zwei VIP Karten für die Bred & Butter rausrückt, wieso sollte dann Kältezuschlag drin sein für ein paar frierende Polizisten?
Wir fahren von einem Einsatz zum nächsten und nach sechs Stunden beschließe ich die Sitzheizung ehelichen zu wollen. Ich weigere mich den Streifenwagen diese Nacht noch einmal freiwillig zu verlassen.

27.01.2010 Bürodienst 10:00 – 14:00 Uhr

-20°C ich friere auf dem Weg zur Dienststelle mehrfach auf dem Gehweg fest. Über die an den Wegrand geschobenen Eisberge klettere ich um zur Hofeinfahrt meines Abschnittes zu gelangen. Ich beschließe zum nächsten Dienstantritt Kletterutensilien wie Eispickel und Spikes sowie diverse Sicherungsseile mitzunehmen.
Man muss sich mit der Natur auseinandersetzen und bei diesen sibirischen Verhältnissen ist eine gewisse Kreativität und Anpassung vonnöten.
Kaum auf der Dienststelle angekommen ereilt mich die freudige Nachricht, dass es zwei Kollegen erwischt hat, krank. Wen wundert s? So habe ich die Ehre morgen mit Patrick von 05:45 - 18:15 Uhr Funkwagen zu fahren beziehungsweise rutschen zu dürfen.

Die Begeisterung meines Mannes hält sich in Grenzen, jedoch mein Überstundenkonto kann ich so im Frühling abbummeln und da gibt's auch nette Unternehmungen denen wir dann nachgehen können. Langlaufski fahren macht auch kein Spaß mehr ebenso wenig wie das Klettern in unserem Eisgebirge welches wir mittlerweile in Berlin haben.
Ich bin mal gespannt ob unser Cote Azur Flitzer morgen früh anspringt.
Heute beschließe ich nach der Arbeit noch zum Sport zu gehen und im Anschluss in der Sauna zu relaxen. So tun als ob es warm ist.

28.01.2010 Funkwagen mit Patrick 05:45 – 18:15 Uhr

Der erste Kollege der mir heute übern Weg läuft ist ein Dienstgruppenleiter der anderen Schicht und dieser besagte trägt Langlaufskier durch die Wache. Das kann nicht wahr sein, meine Idee wieso haperte es bisher an der Umsetzung? Ich sollte nicht nur reden sondern langsam mal handeln wenn ich solch eine geniale Idee habe.
Nein stattdessen schaufele ich eine 50cm dicke Schneedecke von meinem Südfranzosen und rutsche durch den Schnee zum Dienst.

Das hätte ich durchaus auch sportlicher haben können. Schön 8 km per Skier zum Dienst. Schießen kann ich auch sehr gut. Ich werde mich nächstes Jahr für die Biathlon WM qualifizieren. Ich muss an den Skiurlaub in Hahnenklee im Harz denken. Dienstag geht's endlich los.

29.01.2010 Freier Tag

Heute habe ich frei, perfekt ich werde auf jeden Fall laufen gehen. Zunächst besorge ich mir die besagten Spikes die ich mir unter meine Joggingschuhe schnallen kann. Meine Paradestrecke ist mit 50 cm Schnee bedeckt egal ich werde laufen. Punkt 11 Uhr stehe ich an der Strecke und sehe diverse Langlaufski Fahrer. Ich werde mit meinen Spies deren Loipe kaputt machen. Etwas hasserfüllt schauen die mich an, ich bin hier schon gejoggt da war Berlin noch lange kein Neu Skigebiet also habe ich die älteren Rechte es soll mal einer von Denen wagen mich von der Seite anzuquatschen.
Nach gut 16 km fühl ich mich besser, herrlich ausgepowert und das ging ohne Streit mit den Skifahrern wer hätte das gedacht?

30.01.2010 freier Tag

Um 10 Uhr begebe ich mich zum shoppen mich traf gestern fast der Schlag als ich feststellen musste, dass ich 300 Euro mehr verdiene. Einen aktuellen Gehaltsnachweis habe ich nicht bekommen und so sehe ich die zusätzliche Vergütung als Geschenk von meiner Regierung an. Vielleicht habe ich das auch unserem Bürgermeister zu verdanken. Die Sache mit den VIP Karten war schließlich unfair von ihm. Er will es sicher wieder gut machen und hat dafür gesorgt, dass ich mehr Geld bekomme. Unter den Umständen denke ich dann wohlwollend darüber nach ihm zu meiner Theaterpremiere Freikarten zukommen zu lassen. Fast jeder Mensch hat eine Zweite Chance verdient.
Ich begebe mich in den nächsten Wintersportladen und kaufe mir einen neuen Skianzug. Geld spielt keine Rolle. Beim Ski zählt Sehen und Gesehen werden. Ich entscheide mich für eine ultrachice Hose und dazugehörige Jacke in einem auffälligen Fliederton. Damit dürfte ich beim Apres Ski der Hingucker sein.

31.01.2010 05:45 Uhr – 18:15 Uhr Funkwagen mit Chris

Heute ist mein letzter Arbeitstag. Ich habe vom 16 km Lauf, vorgestern noch heftigen Muskelkater, egal ich beiß mich heute noch durch die letzte Schicht. Morgen will ich noch mal laufen gehen.
Es war schon heftig durch die 50 cm hohe Schneedecke zu rennen.
Ich habe gestern einen Bericht im Fernsehen gesehen, da ging es um den härtesten 10-Kampf der Welt.
Am Nordpol mit so lustige Disziplinen wie schwimmen im 4°C kaltem Wasser oder einem Halbmarathon bei -30°C. Zwischen den Disziplinen, die über mehrere Tage verteilt sind, muss man dort in Zelten bei -56°C nächtigen.
Soviel Preisgeld kann man mir gar nicht zahlen, dass ich mir das antun würde. Aber der Wüstenetappenmarathon mit 240 km über mehrere Tage ist eine Alternative über die ich noch nachdenke.
Hoffentlich habe ich heute pünktlich Feierabend, schließlich ist es heute mein letzter Dienst und ich habe eigentlich vor, mit meinem Mann nach dem Feierabend noch Essen zu gehen.
Die Schicht ist bis jetzt ruhig. Es ist jetzt halb neun so gesehen nur noch 10 Stunden bis zum Feierabend.

Ich habe heftige Probleme die Treppen von der Wache hinabzusteigen.
Mein Muskelkater ist nicht von diesem Stern.
Wie wird es mir nach dem Wüstenmarathon gehen?
Ich glaube darüber mag ich derzeit lieber nicht nachdenken.
Vincent sitzt die ganze Zeit auf der Wache und erwähnt, dass er einen Dreier im Lotto hat. Soll ich erzählen, dass ich fünf Richtige habe jedoch noch nicht weiß wie hoch der Gewinn sein wird? Nein ich will ihn eigentlich nicht mehr provozieren obwohl mir das zugegeben etwas schwer fällt im Moment.
Heute scheint die Sonne, herrlich ich hoffe es bleibt so die nächsten Tage. Bei Sonnenschein ist die Kälte nur noch halb so schlimm und in meinem Skianzug dürfte mir auch nicht kalt werden. Zumal ich vor habe nicht nur gut auszusehen, sondern mich auch bewegen will.
Bisschen Abfahrt auf der schwarzen Piste aber auch die Loipe werde ich testen schließlich möchte ich bereits nächstes Jahr einen erfolgreichen Auftakt im Biathlon hinlegen.
Pünktlich um 12 Uhr hat meine liebe Wache Hunger. Wer darf Essen holen? Blöde Frage! Ich natürlich.
Kein Problem ich schwinge mich in meinen Funkwagen und steuere diesmal ein kroatisches Restaurant an. Heute gibt's zur Feier des Tages mal was anderes als Döner oder Currys. Ist ja auch Sonntag.

Ich habe mal wieder nichts gegessen und der leckere Essensgeruch der sich nun im Funkwagen ausbreitet macht es nicht gerade einfacher dem Essen zu widerstehen. Kurzzeitig wächst in mir der Gedanke auf einen Parkplatz zu fahren und das Essen zu vertilgen. Der Zorn den ich dann jedoch auf der Wache spüren würde verträgt mein sanftes Gemüt nicht und so liefere ich brav das Mittagsmenü ab.
Vince hat sich diesmal kein Essen kommen lassen er putzt heute mal sein Büro. Heißt es nicht an Sonn- und Feiertagen soll man arbeiten vermeiden? Naja religiös ist er scheinbar nicht. Er fragt mich doch tatsächlich ob ich als nette Geste das Fenster putzen übernehmen würde. Ich erläutere zunächst die Gesunderhaltungspflicht eines Beamten. Ich bin schließlich kein Fensterputzer vicl zu gefährlich. Anschließend erwähne ich noch, dass es mein Anforderungsprofil nicht hergibt, dass ich solche Arbeiten tätigen muss. Als ihn dies auch nicht beeindruckt hole ich die tief in mir lebende Emanze raus und erkläre ihm, dass eine berufstätige Frau von heute solche Arbeiten durchaus ablehnen kann auch ein Mann kann sich dazu herablassen Fenster zu putzen.

01.02.2010 Erster Urlaubstag

Um 08:00 Uhr falle ich aus dem Bett bin gestern bereits um 20 Uhr schlafen gegangen, habe demnach 12 Stunden genächtigt. Mit mir geht's zuende.
Ich schlüpfe in meine Laufkleidung schnalle mir meine Spikes um und begebe mich für 16 km in den Wald. Ein Pärchen mit Langlaufskiern kreuzt mittig der Strecke. Ich schau mir genau die Bewegungen an, das bekomme ich hin dessen bin ich mir sicher. Zumindest besteht auf gerader Strecke nicht die Gefahr, dass ich mir die Beine breche und für Wochen ausfalle.

02.02.2010 Zweiter Urlaubstag

Heute ist der Tag der Abreise gekommen. Ich mache es mir zur Aufgabe Koffer zu packen, dafür ist ein Mann logistisch gesehen eher ungeeignet. Besonders mein Exemplar, hat Probleme mit der räumlichen Vorstellung eines Koffervolumens. Er lässt es sich jedoch nicht nehmen mir alles aufs Bett zu legen was er mitnehmen will. Auch gut brauch ich nicht alles selber zusammensuchen. Bevor ich jedoch packen kann darf mein Mann den Koffer samt halbfertigen Computertowers vom Boden hieven. Dorthin haben Mama und vor allem ich, bei unsere Aufräumaktion ihn gestellt.

Mein Rücken tut mir heute noch weh. Er schafft es unfallfrei den Koffer runterzuheben und nimmt den Tower mit in sein Arbeitszimmer mit den Worten mal schauen welche Teile er davon noch gebrauchen kann.
Genauso habe ich es mir vorgestellt ich darf packen, Küche noch putzen, Kinder versorgen während mein lieber Schatz die Zeit nutzt sich seinem Elektroschrotthobby hinzugeben.
Nach etwa einer halben Stunde bin ich fertig mit packen. Ich habe es sogar geschafft 10 paar Schuhe unterzubringen für mich.
Schließlich möchte ich jeden Abend anders aussehen, als angehende Schauspielerin trägt man nicht die gleiche Kleidung, und dazu zählen auch Schuhe, zwei Tage hintereinander. Der rote Teppich ist überall und ich bin davon überzeugt, dass ich auch in Niedersachsen gesehen werde.
Um 15:30 Uhr kommen wir endlich im Hotel an.
Wir befahren den Parkplatz und treffen dort auf einen weiteren Berliner Autofahrer mit dem sich mein Mann auch sofort in den Haaren hat. Prima ich erlebe mein Deja vu von den Kanaren, noch nicht einmal angekommen und schon den ersten handfesten Krach. Hoffentlich ist der Typ nicht unser Zimmernachbar, denn wenn doch zieh ich gleich den Zimmertelefonstecker.
Ich denke darüber nach ob es nicht besser wäre wenn unser Auto Kufen statt Räder hätte. Mit großem Glück parken, beziehungsweise rutschen wir unfallfrei in den letzten freien Parkplatz.

Wir beziehen unser Zimmer und ich frage mich wo zum Geier in diesem engen Flur ich meine Skier abstellen soll. Mein Mann unterbricht meinen angehenden Wutanfall mit den Worten:" Schatz, Du hast doch gar keine Skier!"
Nun gut aber mal angenommen ich hätte welche oder wir hätten Welche wo sollen die hier stehen? Ansonsten ist am Zimmer nichts auszusetzen.
Ich benetze die Schneedecke, auf dem Balkon, mit meinen nackten Fußabdrücken, weil ich das lustig finde, und meiner Familie signalisiere, wie hart und kälteunempfindlich ich doch sein kann.
Ich lass mich fotografieren und beschließe das Bild auf meinem Blogg zu veröffentlichen.
Wir gehen nun ins Restaurant einen Cafe trinken, wer sitzt am Tisch neben uns? Opa Parkplatzstress mit der dazugehörigen Oma und den zwei Enkelinnen.
Wunderbar so sieht ein Urlaub nach meinem Geschmack aus.
Nach dem Cafe packe ich die Koffer aus und mein Göttergatte hat doch glatt vergessen Unterhosen für sich einzupacken. Kein Problem ich werde morgen die Kids im Kinderclub abgeben und wir werden mittels ausgeliehenen Langlaufskiern die entspannten 12,5 km in die nächste Ortschaft fahren und Unterhosen kaufen. Mein Mann ist verzweifelt, Strafe muss sein von diesem Vorhaben lasse ich mich nicht abbringen.
Gegen 18 Uhr genießen wir unser Abendessen.

Mein Schatz ist definitiv in Urlaubsstimmung er isst 5 Weißbrotscheiben mit Butter, Schmalz und ordentlich Salz drauf dazu trinkt er einen guten Liter Bier. Wunderbar gesund wie ich ihn kenne. Ich kaue an meinem Salatblatt und trinke einen Pfefferminztee. Er steht auf um noch ein Stück Butter zu holen und bittet mich aufzupassen, dass sein Teller nicht abgeräumt wird. Auf diesem liegt ein Esslöffelgroßes Stück Schmalz. Kaum dass mein Männe weg ist kommt auch der Kellner und ich wehre das Abräumen der Ernährungssünde nicht wirklich ab. Als mein Angetrauter zum Tisch zurückkehrt fragt er natürlich wo sein Teller geblieben ist, ich zucke desinteressiert mit der Schulter und deute Richtung Küche.

Es ist unglücklichen Umständen zu verdanken, dass der Teller abgeräumt wurde, nein ich will meinen Mann nicht das ungesunde Essen austreiben nur dummerweise hatte ich heißen Minzetee im Mund und konnte dem Kellner nicht sagen, dass er den Teller stehen lassen soll.

Das Hotel ist komplett zugeschneit und es hört auch nicht auf weiter zu schneien. Fraglich ob wir hier in 5 Tagen wieder weg kommen. In Gedanken formuliere ich bereits meine Entschuldigung für die Wache sollte ich es nicht schaffen zum Dienst zu erscheinen.

Obwohl eigentlich brauche ich mir darüber keine Gedanken machen, denn wenn wir zugeschneit sind dann brechen auch Telefonleitungen zusammen, so gesehen, kann ich gar nicht Bescheid geben.
Nun gut im Zeitalter des Handys wird mir das niemand glauben.

03.02.2010 Dritter Urlaubstag

Ich werde gegen 07 Uhr wach und begebe mich nach kurzer Orientierungsphase ins Badezimmer. Sooft wie ich in den letzten Jahren gereist bin brauche ich keine lange Eingewöhnungszeit und kenne es in fremden Betten aufzuwachen. Im Badezimmer entdecke ich in diesem ultrafiesem Neonlicht, dass ich drei Stirnfalten, und zwei Wangenfalten habe. Zudem ist meine Haut extrem unrein.
Ein Kosmetikstudio ist im Haus aber ob die auch Botox-Behandlungen anbieten? Ich kann ja mal fragen zuvor suche ich die Antifaltencreme in meinem Kulturbeutel. Diese besagt Creme die mir Mama Heiligabend geschenkt hat. Ich muss an eine Talkshow denken, in welcher Promis über Pro/und Contra zum Thema Schönheitsoperationen diskutiert haben.

Da fielen so Sätze von wegen in Würde Altern. Wenn ich meine Furchen im Gesicht betrachte fällt es mir schwer über Würde nachzudenken dann bin ich nur unzufrieden und weiß, dass ich nun definitiv zum älteren Semester zähle. Graue Haare werden schließlich auch gefärbt also kann ich auch zum Schönheitsdoktor gehen.
Ich werde gleich in Berlin einen Termin machen. Es gibt jetzt sogar Botox-Flatrates. Ist vielleicht eine Alternative wenn die Krater wiederkommen gleich wieder wegspritzen, oh man bin ich drauf jedoch heutzutage sollte man das locker sehen. Um halb acht wird mein Mann wach ich zeige ihm meine Falten, die er jedoch nicht sieht. Er ist jedoch nicht der Maßstab der Dinge Männer sehen so was nicht . Das sieht man daran wenn man bedenkt wie lange es dauert bis der Göttergatte bemerkt das man beim Friseur war.
Da ist er jedoch kein Einzelfall das ist genetisch bedingt ich bin mal mit 10 cm kürzeren Harren inklusive Dauerwelle zum Dienst gegangen. Von meinen 36 Kollegen hat es Einer bemerkt.
Ich beschließe in Berlin meiner Freundin meine fiesen Furchen zu zeigen sie wird mich verstehen und ich habe dann auch eine fähige Begleiterin zum Schönheitsdoktor. Da fallen dann sicher nach dem Eingriff nicht solch unqualifizierten Sätze wie:" Du siehst aus wie vorher, ich erkenne keinen Unterschied!"

Wir gehen frühstücken und ich bringe meinem Mann Margarine mit, die er zur Seite schiebt und sich fingerdick Butter auf fünf Scheiben Weißbrot schmiert, als Belag wählt er fette Wurst. Ich glaube es ist Zeit zum kapitulieren und ich spare mir jeglichen Kommentar auch dann als er sich das dritte Ei pellt.
Heute haben wir oder besser gesagt ich einen Langlauf geplant.
Leider fiel letzte Nacht 40 cm Neuschnee und so ist die Loipe gesperrt. Enttäuscht überlege ich mir eine Alternative während ich aus dem Augenwinkel bemerke, dass mein Mann erleichtert grinst. War klar, er hatte sowieso keine Lust. Ich schlage einen Spaziergang vor um die Umgebung zu erkunden und schlüpfe hierzu in meinen chicen neuen Skianzug.
Mein Schatz bleibt in Jeans und Hemd und dünner Jacke nun gut seine Entscheidung. Kurz hinterm Hotel liegt der Schnee meterdick und es erweist sich als sehr anstrengend dort durchzusteigen. Mein Mann möchte zurück ins Hotel er hat nur Halbschuhe an. Zu seiner Entschuldigung erklärt er mir doch nun tatsächlich, dass er nicht wissen konnte, das Im Harz, in einem bekannten Skigebiet Anfang Februar Schnee liegt. Ich verliere jeglichen Glauben und beschließe nun auch mit ihm in die nächste Ortschaft zu fahren um seine Unterhosen aber auch vernünftige Stiefel zu kaufen. Etwas genervt schaufeln wir die 40 cm dicke Schneedecke von unserem Cote azur Auto.

Sollte der Wagen anspringen können wir uns glücklich schätzen. Unsere Kids befinden sich im Kinderland und bekommen das Elend ihrer Eltern derzeit nicht mit.

Das Auto lässt uns nicht im Stich und wir fahren nach Clausthal-Zellerfeld und bekommen zumindest die Unterhosen für meinen Göttergatten. Zurück im Hotel gehen wir in die Sauna. Die dort anwesenden 12 Gäste unterhalten sich angeregt übers Skifahren. Spätestens jetzt realisiert mein Mann, dass wir uns in einem Skigebiet befinden.

Beim Abendessen lassen wir den Tag ausklingen. Ich bin etwas enttäuscht, weil ich nicht auf Skiern stand aber es ist eben nicht zu ändern vielleicht morgen.

Die unqualifizierte Bemerkung von meinem Schatz, wieso ich dem Hasen das Futter wegesse als ich mir Salat nehme, überhöre ich kommentarlos als er seinem Magen mit fettem Steak mit Zwiebeln belastet.

04.02.2010 vierter Urlaubstag

Irgendwas läuft hier schief ich steh immer noch nicht auf Skiern. Nun gut Entspannung geht erst mal vor ich werde jedoch die nächsten Tage definitiv mit meinem Sportprogramm beginnen.
Nötig habe ich es allemal, denn ich habe eine wahre Sünde entdeckt: Bayerische Creme.
Das Zeug gehört verboten, ein Sahnedessert welches mittags und abends in Riesenschüsseln angeboten wird. Wieso haben wir all inklusive gebucht? Müsste ich das Dessert bezahlen könnte ich mich vor dem Hintergrund meines Geizes sicher zusammenreißen. Zum Glück gibt's hier keine Waage die mir die Augen öffnet. Mittlerweile kann ich nicht einmal über meinen Mann meckern wenn man bedenkt welche Massen von dieser Sahnesünde ich in mich hineinschaufele.
Mir kommt der Gedanke, dass ich nicht mehr in meine Uniformhose passen könnte. Eine Krankschrift muss her und sei es nur um eine Diät zu machen um problemlos in die Uniform zu passen. Wie soll ich das erklären? Sorry liebe Wache ich bin zu fett ich komme in drei Wochen wieder wenn ich meine Büffelhüfte reduziert habe?! Nein viel zu peinlich, besser ab morgen Ski fahren deshalb bin ich eigentlich auch hier.

Hinzu kommt, dass ich Montag ein Shooting habe, toll da will ich eigentlich nicht wie ein deformierter Pfannkuchen aussehen. Die Bilder müssen schön werden. Schluss! Aus! Ende mit der Bayerischen Creme ich esse das Zeug nicht mehr.

05.02.2010 fünfter Urlaubstag

Ich komme wieder nicht zum Skifahren. Mittlerweile schlägt mein Mann vor, dass wir morgen definitiv zur Loipe fahren. Hätte nie gedacht, dass mein Sportmuffel jetzt als Bewegungsmotivator fungiert.
Heute ist Wellness angesagt, wir stürzen uns in die Sauna. Ich habe gehört, dass heiß kalte Temperaturen Cellulite entgegenwirken soll. Das erzähle ich meinem Mann und den weiteren 8 anwesenden Saunagängern. Ich werde von den anwesenden Männern angegrinst und mein Schatz erwähnt, mit erkennbarem Stolz in der Stimme, dass ich doch gar keine Cellulite habe. Stimmt da hat er Recht, und es ist so gesehen etwas ungünstig, so kann ich keinen vorher nachher Effekt feststellen, was ich natürlich ungefragt lauthals erzähle. 5 kräftigere Frauen die sichtbar unter diesem Problem leiden schauen mich etwas giftig an. Vielleicht sollte ich lieber übers Skifahren sprechen, als über solch ein empfindliches Thema.

Ich muss zu meiner Schande gestehen, dass ich weder mittags noch abends beim Essen auf die Bayerische Creme verzichte. Mittlerweile esse ich ausschließlich diese Sünde mittags und abends drei volle Teller.
Ich philosophiere im Speisesaal übers Skifahren und mein Mann erwähnt lauthals:
„Schatz Du bist noch nie Ski gefahren!"
Toll das sollte hier eigentlich keiner wissen. Ab morgen gehöre ich definitiv zu den Skifahrern.
Unsere nette Urlaubsbekanntschaft ist die ganzen letzten Tage in unserer Nähe. Nicht genug damit, dass der Opa am selben Tag zur selben Stunde aus der selben Stadt angereist ist, und wir gleich auf dem Parkplatz aneinandergeraten. Nein dieser Mensch steht auf wenige Minuten genau wie wir im Speisesaal. Morgens! Mittags! Abends.
Der sitzt am Nachbartisch im Speisesaal und wenn er ans Buffet geht, zeitgleich versteht sich dann drängelt er sich unhöflich an mir vorbei wenn ich an der Salatbar stehe und ebenfalls zum Tisch möchte. Jeder halbwegs gebildete Mann lässt der Dame den Vortritt jedoch nicht dieser Trampel.
Seit heute sind diverse Tische zusammengeschoben und wir bekommen mittags nur noch einen Vierertisch am Rand ab, setzen uns und dinieren. Am Abend stellt dieser besagte Mensch eine halbe Stunde vor Öffnung des Speisesaals seine Getränke an genau diesem Tisch, damit wir uns um 18 Uhr zum Abendessen gefälligst einen anderen Tisch nehmen.

Nun gut hätte er uns angesprochen, dass es er den Tisch unbedingt haben möchte wären wir selbstverständlich zu einem Anderen gegangen.
Er steht um halb sieben vor mir am Bierbrunnen. Ich möchte meinem Mann ein Bier zapfen. Der nette Opi nimmt tatsächlich vier Gläser aus dem Regal und zapft gemütlich in einem Zeitrahmen von 20 Minuten seine vier Biere. Selbstverständlich lässt er mich nicht mit meinem einen Glas kurz an den Zapfhahn während er warten muss bis der Schaum schwindet. Wieso auch? Er will definitiv die Konfrontation.
 Es gibt tatsächlich Menschen die einfach nur nerven wollen, dabei sind wir hier im Urlaub. Ich denke mal, der hätte sich total Klasse mit meiner Freundin von Gran Canaria verstanden. Ich muss auch nicht verstehen, wieso er sich gleich vier Gläser zapfen muss für sich alleine, wird doch schal das Bier und wir haben bis 22 Uhr all Inklusive da hat er genug Zeit sich immer ein frisches Bier zu holen, das kann nur Boshaftigkeit sein. Hauptsache der steigt nachher nicht in sein hässliches Auto dann muss ich tätig werden. Alkohol am Steuer und Opi ab in die Gefangenensammelstelle nach Goslar und ich bekomme den Urlaubstag gutgeschrieben, weil ich mich pflichtbewusst in den Dienst versetze.
Sonntag ist Abreise und ich weiß jetzt schon, dass er definitiv zeitgleich auschecken wird. Er wird im Foyer auf gepackten Koffern setzen und warten bis wir zum Parkplatz gehen um sich an uns zu kleben. Polarisieren wir so sehr?

Eines steht fest, die komplette Strecke bis nach Berlin fahren wir nicht zusammen, immer schön 100 Meter auf der Autobahn vor uns. Nein da habe ich keine Lust zu. Womöglich lebt dieser Mensch nur drei Strassen von uns entfernt! Es gibt Dinge die will ich nicht wissen. Sollten wir zeitgleich abreisen und dessen bin ich mir mittlerweile sicher, werde ich meinem Mann vorschlagen einen Umweg zum Brocken zu fahren, noch ein paar Skistunden anzuhängen und zu fahren wenn der Mensch in Berlin beim Bier sitzt über den schönen Urlaub philosophiert während seine hörige Gattin ihm die Pantoffel an die Käsebeine schiebt.

Mit Magenkrämpfen verlasse ich dann den Speisesaal, so kann ich gar kein Ski fahren.

Abends schauen wir einen Bericht über einen neu eröffneten Dinosaurierpark. Das ist meine Zukunft sollte ich die Emilia Galotti nicht darstellen dürfen kann ich immer noch als Dinosaurier Imitator auftreten. Ich stelle mich aufs Bett und simuliere einen Flugsaurier und brülle herzzerreißend. Mein Mann ergreift die Flucht. Kunstbanause.

06.02.2010 sechster Urlaubstag

Heute fahren wir zur Loipe, ich möchte mich wenigstens einmal im Urlaub auf Skiern stellen. Dort angekommen finden wir keinen Skiverleih, na klasse das läuft ja wieder Prima.
Etwas enttäuscht fahren wir zum Hotel zurück und auf dem dortigen Parkplatz kommt uns unser Freund entgegen. Das kann echt nicht wahr sein, dass der Typ immer zur gleichen Zeit wie wir sich an den gleichen Orten befindet. Etwas genervt gehen wir ins Hotelzimmer und ruhen uns aus, wovon weiß ich nicht. Ab 12 Uhr gibt es Mittagessen heute werden wir mal eine halbe Stunde später essen gehen und so begeben wir uns um punkt halb eins in den Speisesaal. Ich muss jetzt nicht erwähnen wer zur gleichen Zeit den Speisesaal betritt.
Nachmittags genießen wir ein letztes Mal Wellness und gehen in die Sauna. Zunächst sind wir alleine, jedoch beim zweiten Durchgang kommt ein Waldschrat in die Sauna und sein ebenso beleibter Arbeitskollege. Beide beginnen eine angeregte Konversation über eine personalpolitische Entscheidung.
Der Waldschrat fragt den Kollegen, ob er seine Entscheidung befürwortet, dieser bemerkt, dass der Kollege der nun die Führungsaufgabe bekommen hat ja eigentlich diese Verantwortung gar nicht wollte und ein anderer Kollege viel mehr Interesse hätte.

Oh man das erinnert mich an die Polizei, dort werden ebenfalls Entscheidungen getroffen die nicht immer im Interesse der Mitarbeiter liegen nun gut. Es ist etwas speziell, hier bei 90°C Posten in der Firma zu vergeben.
Der Waldschrat starrt mich die ganze Zeit an, der hat wohl schon länger keine nackte Frau mehr gesehen. Mein Mann wird zusehends nervöser und ehe es zu einer Schlägerei kommt bei der, der Waldschrat auf dem Saunaofen endet beschließe ich raus gehen zu wollen.
Wir gehen punkt 18 Uhr zum Abendessen, weil die Tischsituation etwas schwierig ist. Viele Tische sind reserviert für Personengruppen ab 6. Die verbliebenen Tische kann man an zwei Händen abzählen. Wir setzen uns an einem Vierertisch und genießen das Essen. Gegen 18:40 Uhr sind wir fertig haben lediglich noch unsere Getränke stehen. Unser netter Opi betritt das Lokal und sucht verzweifelt einen freien Tisch, ohne dass ich was sagen muss entscheidet mein Mann, dass nun der Moment der Rache gekommen ist. Der Moment wo man sich gebührend von ihm verabschieden kann. All diese kleinen fiesen Spitzen angefangen mit dem Parkplatz dass mein armer Mann 25 m rückwärts rangieren musste nur weil der Typ keine Lust hatte drei Meter zurückzusetzen und aufgehört bei dem Tisch reservieren mittels vier Biergläser. Mein Mann steht also auf und holt sich ein Dessert.

Ich trinke genüsslich meine Cola und beobachte wie er verzweifelt nach einem Tisch sucht.
Im Anschluss den Kellner anschimpft wieso alles reserviert ist und er sich nicht setzen kann.
Schließlich verlässt er den Gastraum und ich biete der nächsten suchenden Familie unseren Tisch an.
Zu dumm nun muss er noch mal warten, mir egal.

07.02.2010 siebter Urlaubstag

Der Tag der Abreise ist gekommen. Ich habe einen Skiurlaub hinter mich gebracht ohne auf den besagten Brettern gestanden zu haben, dass ist auch ein Rekord für sich.
Ich beschließe zu Hause erst einmal 16 km laufen zu gehen bevor ich mich auf die Waage stelle. Punkt 9 Uhr reisen wir ab. Es war ein schöner Urlaub da sind wir uns einig.
Zu Hause angekommen buche ich das gleiche Hotel für den Herbsturlaub 18.10. – 24.10.2010.
Wir freuen uns schon mal schauen ob wir wieder so nette Menschen aus Berlin kennenlernen.

09.02.2010 Erster Arbeitstag 10:00 – 20:15 Uhr Funkwagen mit Rudi

Der Tag beginnt zuversichtlich ich darf als erstes mein Urlaubsantrag für Ende März unterschreiben. Prima so kann es ruhig weitergehen da fängt doch der Tag sehr optimistisch an, leider bleibt es nicht dabei denn auch heute werde ich länger arbeiten.
Gegen Mittag kommt eine Kollegin die sich im gleichen Zimmer wie ich umzieht in den Wachbereich.
Sie fragt ob meine Kleidung wieder auf dem Gemeinschaftsstuhl liegt. Ich bejahe das und bei ihrem Treppaufsteigen Richtung Umkleide rufe ich ihr noch schnell hinterher, dass meine Jeans kein Putzlappen ist. Sie trägt im Gegensatz zu mir ordentliche löcherfreie gebügelte Hosen, während ich eher extrem destroy Hosen trage, die eher aus Löchern als aus Stoff bestehen. Ich sehe demnach die Gefahr, dass sie meine Designerjeans nicht als solche identifizieren könnte und diese wie einen Putzlappen angewidert entsorgen könnte. Ich solle mir keine Gedanken machen, sie kennt meinen Modegeschmack und lässt die Finger von der Jeans. Glück gehabt ich hatte schon die Befürchtung in Uniform nach Hause gehen zu müssen.
Um 21:00 Uhr darf ich endlich die Dienststelle verlassen.

10.02.2010 freier Tag

Ich beschließe an meinem freien Tag heute die Wohnung aufzuräumen. Dringend nötig hat es die Küche. Mein Mann hat neben der Sammelleidenschaft für Hemden noch eine weitere für Gläser. Von den 37 identischen Biergläsern im Küchenschrank sortiere ich erst mal gut die hälfte aus, alleine um der Gefahr aus dem Weg zu gehen, dass sich sonst der Hängeschrank , in welchem diese Sammelobjekte stehen, aus der Verankerung lösen könnte.
Beim Ausräumen des Spülunterschrankes entdecke ich eine Überraschung. Mein Mann hat eine weitere Sammelleidenschaft von der ich bis heute noch nichts wusste. Spülbürsten!
Ich finde tatsächlich 17 original verpackte Spülbürsten der unterschiedlichsten Firmen. O.k. prinzipiell nicht schlimm jedoch wäscht hier die Spülmaschine ab oder ich mittels Schwamm beziehungsweise Lappen ich habe noch nie eine Spülbürste benutzt und ganz ehrlich, mein Mann niemals nicht in seinem ganzen Leben hat er eine Spülbürste benutzt.
Er sitzt in seinem Arbeitszimmer und ich greife mir alle 17 Bürsten begebe mich dorthin um mir erklären zu lassen was das zu bedeuten hat. Er schaut mich verwundert an und versucht mir zu erklären, dass man damit prima Gläser putzen kann, ja genau die 37 Biergläser eignen sich wunderbar dafür.

In Zukunft soll er das kaufen von Küchenutensilien lassen zumal er seit der Überschwemmung Küchenverbot von mir bekommen hat.

12.02.2010 Drogeneinsatz 19:00 - 05:00 Uhr

Ich stehe um halb elf auf, nach 12 Stunden Schlaf. Mein Traum war etwas spektakulär, ich habe doch tatsächlich im Traum ein komplettes Haus eingerichtet und dabei 120 Kartons ausgepackt und in Regale und Schränke verstaut. So gesehen, gehen 12 Stunden eigentlich.
Gegen 19 Uhr erreiche ich meine Dienststelle. Ich darf heute einen Sondereinsatz mitmachen – Standkontrolle vor dem Abschnitt , die ganze Nacht mit dem Schwerpunkt Drogen und Alkoholerkennung. Bei –7 Grad und Schneefall ist meine Motivation schon jetzt im Keller. Das halte ich keine halbe Stunde aus.
So beschließe ich spontan einfach einen Funkwagen zu übernehmen und der heutigen Schicht, die leider nicht die Meinige ist, vorzuspielen, dass ich Funkwagen fahre. Ich stürze mich auf die Wache nehmen mir einen Funkwagenschlüssel, und spreche meinen Wunschstreifenpartner an, dass ich schon Alles aufs Auto bringen werde und frage ihn ob er fahren oder funken mag.

In Anbetracht, der Tatsache, dass die heutige Dienstgruppe reichlich kranke Kollegen hat, glaubt er mir, dass wir zusammen fahren und käme mein Einsatzleiter nicht dann wäre ich auch Funkwagen gefahren. Stattdessen stehe ich keine halbe Stunde später im Schneesturm und überprüfe Pkw Führer auf ihre Fahrtüchtigkeit, Prima, die erste Pause kommt bestimmt. Zwei Stunden später ist es soweit, mit tiefgefrorenen Gliedmaßen versuche ich mir, in meinem Büro, einen Cafe zu kochen, was sich jedoch als schwierig erweist wenn man bedenkt, dass man mit eingefrorenen Händen die Kaffeekanne nicht greifen kann. Kaum dass ich aufgetaut bin fängt auch schon die zweite Kontrollrunde an. Luka erzählt, dass sein Arzt ihm geraten hat täglich 3 Liter zu trinken, was er jedoch nicht schafft weil er nach einem Liter bereits betrunken ist. Man merkt unter welchen Umständen wir hier in der Kälte stehen. Gegenüber unserer Kontrollstelle befindet sich ein kleines Kino. In Berlin ist die 60. Berlinale sprich Filmfestspiele zu diesem Zwecke ist auch an diesem sonst unbedeutendem kleinen Kino ein roter Teppich ausgelegt und Kameras filmen die Stargäste.

Ich kann nicht erkennen wer dort über den roten Teppich läuft und es ist auch völlig zweitrangig, jedoch was gäbe ich nicht dafür, statt in dieser Uniform frierend hier stehen zu müssen, sondern mit einem Lachen im Gesicht, meinem gesponsertem Designerkleidchen über den Teppich zu flanieren um meinen neuen Film zu präsentieren?
Ich bin auf dieser Seite hier fehl platziert, das spüre ich ganz deutlich. Luka hält mir in diesem Moment meiner schönsten Fantasien einen Führerschein unter die Nase und redet irgendwas von Verdacht Fälschung und Überprüfung, ich bekomme nur den Teil mit, dass einer von uns in den warmen Abschnitt muss um die Richtigkeit des Dokumentes zu überprüfen. Meine Rettung, ich werde keinen Kältetod sterben ich greife das Dokument und begebe mich in die Dienststelle herrlich warm und wenn nur für 5 Minuten........
Gegen 02:00 Uhr haben wir endlich den ersehnten Treffer. Luka will zunächst ein anderes Team vorlassen. Ich ergreife jedoch die Gunst der Stunde und flehe ihn an, er braucht nichts machen nur dabei sein, Ich fahre, funke schreibe egal ich will nur ins Warme und wenn er jetzt nicht mitzieht besteht die Gefahr, dass ich einen Lungenentzündung bekomme, krank ausfalle und dann kann er das erklären.

Schließlich befinde ich mich nicht auf einer angesagten After Show Party nach meiner erfolgreichen Filmpräsentation, sondern muss noch gut 2 Stunden im Schneesturm stehen und eines weiß ich sicher ich halte das keine 5 Minuten mehr aus ohne ernsthafte gesundheitliche Konsequenzen befürchten zu müssen.

Luka gibt sich geschlagen und ich fahre mit dem Betrunkenen Kraftfahrer und Luka zur Blutentnahme in die Direktionszentrale.

Dort sitzen wir endlich in einem warmen Büro und schreiben die Strafanzeige. Heute muss ich nicht mehr in die Kälte, als die Maßnahmen beendet sind habe ich Feierabend.

14.02.2010 17:45-06:15 Uhr Nachtfunkwagen mit Luka

Heute werde ich mich versuchen um wichtige Dinge zu kümmern, ich muss zum Geldautomat anschließend meine Steuererklärung machen, dann zum Finanzamt diese einwerfen im Anschluss will ich mir noch meine geplanten Märzdienste in meinem Kalender eintragen und so weiter. Leider werde ich heute Nacht nichts davon schaffen, denn wir fahren von einem Einsatz zum nächsten.

15.02.2010 Schlaftag

Ich werde gegen 10 Uhr wach. Meine Schlafstörungen sind nichts Neues. Ich schleppe mich in die unaufgeräumte Küche und finde noch eine saubere Kaffeetasse. Na immerhin! Die Kinder sind in der Schule und mein Mann versucht sich als Schriftsteller und hat sich zu diesem Zwecke ins Arbeitszimmer zurückgezogen, dass ich wie eine Untote durch die Wohnung schleiche hat er noch nicht bemerkt sonst hätte er mir sicherlich einen guten Morgen gewünscht.

Meinen Augenrändern nach zu Urteilen, habe ich die letzten zwei Nächte durchgemacht und irgendwie stimmt das ja auch. Sollte ich es im Laufe des Tages schaffen mich aufzurappeln begebe ich mich in die nächste Drogerie und kaufe mir eine Gesichtsmaske. Der Glaube versetzt Berge und vielleicht ist noch nicht alles verloren.

Sollte es nicht helfen kann ich mir das neue Serum kaufen, welches botoxähnlich wirkt. Irgendwas mit Schlangengift. Das ist bei den Hollywoodstars der Renner............

Letzte Gedanken

Kann es so weitergehen? Bin ich ausgelastet mit meinem Funkwagen?
Was das Körperliche angeht mit Sicherheit, ich kann mir nichts anstrengenderes vorstellen als 12 Stunden Funkwagen zu fahren und das in den unterschiedlichsten Schichten!
Und was ist mit dem Geistigen? Komme ich weiter? Irgendwie nicht.
Mein Motto: Fürchte Dich nicht vor Veränderung fürchte Dich vor dem Stillstand! Ich befinde mich in einer Sackgasse sonst würde ich bestimmt nicht in die unterschiedlichsten Fantasien abdriften was ich alternativ alles anstellen könnte. Ich geh ins Arbeitszimmer und sehe mein Mann vertieft vor seinem ersten Buch sitzen-
Das ist es. Ich weiß was ich machen möchte ich werde ein Buch schreiben- Geschichten und Ideen hierfür habe ich reichlich.

;-)